Bernhard

Andreas Räss, Bischof von Strassburg

Antigonos

Bernhard

Andreas Räss, Bischof von Strassburg

Unveränderter Nachdruck der Originalausgabe von 1873.

1. Auflage 2024 | ISBN: 978-3-38698-837-7

Antigonos Verlag ist ein Imprint der Outlook Verlagsgesellschaft mbH.

Verlag: Outlook Verlag GmbH, Zeilweg 44, 60439 Frankfurt, Deutschland
Vertretungsberechtigt: E. Roepke, Zeilweg 44, 60439 Frankfurt, Deutschland
Druck: Libri Plureos GmbH, Friedensallee 273, 22763 Hamburg, Deutschland

Deutschlands Episcopat in Lebensbildern.

IV. Heft.

Andreas Räß,

Bischof von Straßburg.

Von

Bernhard.

"Und wie sich wild und laut die Wogen thürmen,
Des Glaubens Fels wird trotzen allen Stürmen".
Molitor, zur Jubelfeier Bischof Andreas'
am 11. Sept. 1866.

Würzburg 1873.
Leo Woerl'sche Buch= und kirchl. Kunstverlagshandlung.

Deutschlands Episcopat in Lebensbildern.

IV. Heft.

Andreas Räß,

Bischof von Straßburg.

Von

Bernhard.

„Und wie sich wild und laut die Wogen thürmen,
Des Glaubens Fels wird trotzen allen Stürmen".
Molitor, zur Jubelfeier Bischof Andreas'
am 11. Sept. 1866.

Würzburg 1873.

Leo Woerl'sche Buch- und kirchl. Kunstverlagshandlung.

„Und wie sich wild und laut die Wogen thürmen,
„Des Glaubens Fels wird trotzen allen Stürmen".
Molitor, zur Jubelfeier Bischof Andreas'.

Eine Laufbahn, reich an Jahren, reicher noch an Thaten
welche alle Glaubensthaten sind, bietet uns das Leben des Bi=
schofes von Straßburg. „Ich glaubte, deshalb habe ich ge=
sprochen", das waren die Worte mit welchen er, vom Vaticanum
zurückkehrend, seinem Clerus und seinem Volke Rechenschaft ab=
legte von seinem Wirken. In dem Worte liegt die ganze Ge=
schichte seines Lebens. Es dürfte sich dasselbe tiefer als je in die
Seele des ergrauten Kämpfers senken, jetzt da sich der Tag neigt
und das Kreuz weite Schatten wirft. Den alten Glauben der
Väter in sich bewahren, um sich stets verbreiten durch Wort und
Schrift, durch That und Opfer, das war die Lebensaufgabe die
er sich stellte. Wie er diese Aufgabe gelöst hat als Lehrer,
Schriftsteller und Bischof, das sollen diese Zeilen flüchtig nach=
weisen.

In einer Zeitperiode den Glauben vertheidigen und aus=
breiten, welche 1794 unter Robespierres Schreckensherrschaft an=
hebt und unter der Herrschaft Hegel'scher Staatsomnipotenz zum
Abschluß kommen dürfte, das ist kein Werk des Friedens, das
ist ein Kämpfen und Ringen. Ringend und kämpfend begann
Räß als Lehrer und Schriftsteller seine Laufbahn zu Mainz,
ringend und kämpfend setzte er dieselbe als Bischof zu Straß=
burg fort, und jetzt stellen sich die Aspecte am staatlichen Himmel,
so daß zu dem Ringen und Kämpfen sich noch das Leiden fügen
will.

Sein Wirken vom Jahre 1816 an bis anjetzt faßt sich so
zusammen: als Lehrer zu Mainz und Straßburg begeisterte er
Tausende von Jünglingen für Kirche und Wissenschaft, als

Schriftsteller redigirte er lange Jahre den Katholik und ließ an Aufsätzen, Uebersetzungen, Sammelwerken unter der Firma Räß und Weis 86 Bände im Drucke erscheinen, wozu er später noch die 11 Bände seines großen Werkes über die Convertiten fügte; als Bischof leitet er mit eingehender Hirtensorgfalt seit 1841 eines der bedeutendsten Bisthümer der Welt.

Zweiunddreißig Jahre eines thatenreichen Episcopates, 99 Bände schriftstellerischer Erzeugnisse, eine große Schaar wohlgeschulter Studenten und Cleriker, das wäre die volle Garbe mit welcher er vor den ewigen Hausvater treten kann.

I. Jugendjahre.

Im schönsten Theile des schönen Elsasses, das der Dichter Balde besingt als den „grünen Smaragd am Ringe der Welt", inmitten reicher Rebhügel, an die Vogesen sich anlehnend liegt Siegolsheim, die Wiege des Bischofes. Auf die Umgebung von Siegolsheim trifft das alte Sprichwort zu, das sonst im deutschen Reiche in Umlauf war:

> Drei Schlösser auf einem Berg,
> Drei Kirchen auf einem Kirchhof,
> Drei Städte in einem Thal,
> Hat ganz Elsaß überall.

Bernhard Räß, der Vater, war ein Rebmann und dessen ehr- und tugendsame Ehefrau Maria Eva Hirsinger von Niedermorschwihr war ein starkes Weib, genau nach Salomos Zeichnung. Andreas Räß, das letzte von sieben Kindern, erblickte das Licht der Welt am 6. April 1794, zur Zeit wo Robespierres Schreckenherrschaft blühte, die Kirchen geschlossen, auf Spendung der heiligen Sacramente Todesstrafe gesetzt war, durch den omnipotenten Staat. Die Taufhandlung mußte im Verborgenen vorgenommen werden; durch einen vervehmten Priester, der unter Vater Räß' gastlichem Dache ein Versteck fand, Pfarrer Ingold von Staffelfelden.

Keine Schule damals, keinen Gottesdienst. Mit stummen Schmerz mußten die Eltern dieser Anstalten entbehren und ihre Kinder allein selbst unterrichten und bilden. Das thaten sie mit Eifer. Allein die Kirche mit ihren Segnungen, Freuden und

Tröstungen war niedergetreten unter dem Fuße blutiger Tyrannen, jeder Aufschrei des christlichen Herzens verpönt. Das ferne Rasseln der Guillotine unter deren Beile Königsblut, Priesterblut und Bürgerblut in Strömen floß, drang erschütternd bis in das Heiligthum der Familien die Eltern mit Schmerz die Kinder mit Schwermuth erfüllend. Wenn Frau Maria Eva ihre Kinder bei verschlossenen Thüren und verhüllten Fenstern zum Gebete versammelte, so empfahl sie ihrer Andacht immer Eines, daß Gott den bösen Zeiten ein Ende machen und der heiligen Religion wieder Freiheit und Friede schenken möge.

Als zwei Jahre später Vater Räß starb und seiner Frau eine zum Theil noch unmündige Familie hinterließ, hatte sich die Lage der Kirche noch nicht gebessert. Der allmächtige Staat hatte die Göttin der Vernunft abgethan, er hatte mit Robespierre auch das Etre Suprème gestürzt, aber die Theophilantropen versuchten sich in einer neuen Art des Gottesdienstes und pflückten sich unsterbliche Lorbeeren der Lächerlichkeit. Die Kirchen, einige Zeit wieder eröffnet, wurden wieder geschlossen, die Geistlichen nach Cayenne geliefert. Ab und zu als Tröster und Lehrer erscheinen im Räß'schen Hause geächtete Priester, die mit geistlichem Trost, mit Spendung der heiligen Sakramente die Gastfreundschaft vergelten, welche ihnen zu Theil wurde. Allgemein ist im Elsaß die Bemerkung gemacht worden, daß denjenigen Familien, in welchen dieses Liebeswerk geübt worden mit der Gabe starken Glaubens und geistlichen Berufes in ihren Kindern gesegnet wurden. Der traf bei der Räß'schen Familie ein.

Mit glaubensstarker Hand leitete die Wittwe ihren Haushalt und die Erziehung ihrer Kinder und prägte diesen letztern eine Innigkeit des Glaubens ein, die bei Söhnen und Töchtern stets fortlebte, beim jüngsten der Söhne aber zu herrlicher Blüthe gedeihen sollte. Klug, rüstig, charakterfest, thätig bis in ihr hohes Alter von 93 Jahren, wußte sie bis an ihr Ende ihr mütterliches Ansehen geltend zu machen. Als ihr Sohn Andreas zum erstenmal, mit der bischöflichen Würde begleitet, in seine Heimath kehrte, ging ihm die ganze Gemeinde glückwünschend entgegen. Die Mutter trat vor und hielt dem hohen Sohne über seine nunmehrigen Hirtenpflichten eine Anrede, so kräftig und eindringlich, wie sie nur aus so liebem Munde fließen konnte. Sie hinterließ ihrem jüngsten Sohne ihren thatkräftigen Sinn, ihren geweckten Geist; das beste jedoch was sie ihm hinterließ war ihr fester in der Verfolgung gekräftigter Glaube, das beste Gut katholischer Familien. Dieser verließ ihn nimmer, auch nicht im Verkehr mit der deutschen Wissenschaft, auch nicht im langjährigen Kampfe mit den Glaubensgegnern. Es wurde derselbe seine Leuchte im Vaticanum. Christen die während zehn Jahren, ein fortwährendes Martyrium um ihres Glaubens willen bestanden hatten, mußten wohl für sich und ihre Kinder die Gnade des Glaubens in erhöhtem Maße verdienen.

Geistliche Lehranstalten, wie Mutter Räß solche für ihre Kinder wünschte gab es damals in Frankreich nicht. Es fand sich aber in der Nähe ein ehemaliger Ordensmann Pater Thabdäus Gschickt, dieser bot der Mutter seine Dienste an und half Räß und seinem ältern Bruder, dem spätern Pfarrer von Rosheim über die Anfangsgründe der Sprachen hinaus. Da sich der Schüler als sehr begabt erwies, rieth der Lehrer der Mutter an, denselben fortstudiren zu lassen. So kam derselbe in das Collegium zu Schlestadt und später um Humanität und Rethorik zu studiren nach Nanzig. Dies hatte für ihn den Vortheil, daß er eine gründliche Kenntniß der französischen Sprache erlangte, was ihm später auf seiner schriftstellerischen und oberhirtlichen Laufbahn sehr zu statten kam. Philosophie und Theologie studirte er zu Mainz.

Mainz hatte für Elsässer magnetische Anziehungskraft seitdem Colmar dessen Bischofsstuhl eingenommen hatte, Liebermann ein anderer Elsässer dem Seminar vorstand, und Käuffer Professor des Kirchenrechtes, Bruno Mertian Direktor des mainzer Seminars geworden war. Das waren lauter Landsleute. Wie Professor Sailer, der Jesuitennovize in Bayern ein Verbreiter kirchlichen Lebens war, so waren es Colmar und Liebermann, beide Jesuitenschüler, in Mainz. Beide hatten sich bewährt unter dem Druck der Verfolgung, Colmar unter der Schreckensherrschaft in Straßburg, Liebermann gegen den Cäsaropapismus Napoleons bis im Staatsgefängnisse zu Vincennes. Sie hatten um des Glaubens willen Verfolgung gelitten, sie liebten ihren Glauben mit glühendem Herzen, mit Erfolg konnten sie die heilige Gluth in den Gemüthern von Schülern anfachen, die ja auch Söhne der Glaubensbekenner waren. Noch lang nach dem Ableben der beiden sagte man in Hessen und der Pfalz von Geistlichen die man als vortrefflich notiren wollte: „Der ist ein Liebermannianer". Liebermannianer war gleichlautend mit diamantener Rechtgläubigkeit und Würde des geistlichen Wandels.

Liebermann las Dogmatik nach Heften die er lehrend bearbeitete. Diese Hefte wuchsen zu dem bekannten Werk Institutiones theologicae an, in welchem er scholastische Form mit der neuen exponirenden Methode glücklich verband. Das Werk fand allgemein günstige Aufnahme und wurde als Handbuch in vielen Seminarien Deutschlands, der Schweiz, Amerikas und bis im Collegium der Propaganda in Rom eingeführt.

In diesen Lehrstunden schärfte Räß jenen Sinn für Rechtgläubigkeit, den er als Anlage mit aus dem väterlichen Hause gebracht hatte. Liebermanns klarer Vortrag, sein classisches Latein, die Wärme, mit welcher er die frisch gewonnenen Ergebnisse seines Studiums seinen Schülern vorlegte, wirkten belehrend und anregend auf dieselben. An der Seite Räß' bildeten sich damals Geißel, Weis, Klee, Lüft und andere aus, deren frischer Geist am stählernen Geiste Liebermanns sich hinanrankte, wie junge Pflanzen an einer der letzten Säulen der Kirche, die aus der Revolutionszeit in die neue Zeit herüberragte.

Wer diesem regen Eifer im Studiren und in der Uebung christlicher Ascese bewundernd zusah, wäre kaum erinnert worden an die damalige Lage der Dinge. Es war im Jahr 1812 Kriegsgetümmel erfüllte ganz Europa; Napoleon der Excommunicirte rang im blutigen Zweikampfe mit dem Gotte der über die Kirche wacht. Mainz war ein Sammelplatz französischer Heere, die erste deutsche Etappe zu den deutschen und russischen Schlachtfeldern. Die Kirche lag in Ohnmacht darnieder, Pius VII. zu Fontainebleau in Banden. Es ist eben ein schönes Walten des Geistes Gottes, daß er in der Kirche zu den Zeiten der Niederlage Kräfte weckt, die am Wiederaufbaue zu arbeiten bestimmt sind. Solche Kräfte bildeten sich still zu Mainz aus, unter Napoleons Schutz, indeß er selber wie ein ausgebrannter Vulcan in sich zusammenbrach, und mit ihm die zermalmende Staatsomnipotenz, welche die Kirche zerdrückte.

Nicht im Glauben und Wissen blos sollten sich die mainzer Schüler ausbilden, es bot sich ihrem Eifer auch ein weites Feld zur Uebung der christlichen Liebe dar. Die flüchtigen Schaaren Napoleons des niedergeschmetterten Kirchenverfolgers wälzten sich zu den Thoren von Mainz ein und hinter ihnen her zog ein bleiches Gespenst, der Typhus. Häuser, Kirchen, Höfe, Ställe, Speicher, alles lag voll Kranken und Sterbenden. 30,000 Menschen erlagen in Mainz dem verheerenden Uebel. Bischof Colmar stellte sich an die Spitze der Geistlichen und der Bürger der Stadt, um mittelst geistlicher und leiblicher Pflege dem Massenelend zu steuern. Die Schüler des Seminars betheiligten sich an dem Samariterdienst. Räß war damals neunzehn Jahre alt, kräftig, voller Frohmuth und Thatkraft. Er griff wacker ein. Diesem Liebeswerk verdankte er eine Freundschaft, die treu und innig auf seinem Lebenswege ihn begleitete. Er lernete auf dem Schau=platze der Barmherzigkeit Weis näher kennen und schloß mit ihm einen Freundschaftsbund, der so fruchtbar für beide und für die Kirche werden sollte. Sie trugen zusammen in mächtigem Gefäß an einer Stange die im Seminar bereiteten Speisen den Hungernden entgegen und ministrirten dem Bischofe, wenn er als treuer Hirt, wie Fenelon und Carl Borromäus, den Sterben=den auf dem Strohlager der Ställe und Speicher die heilige Absolution ertheilte und die Sterbsacramente spendete. Damals erschien beiden Seminaristen das Ideal eines Bischofes. Gottes Fügung war's, daß sie dieses Ideal später in sich verwirklichen konnten.

Erst im Jahre 1814 konnten die durch das Kriegselend zersprengten Studenten wieder zusammengerufen und die Curse des Seminars eröffnet werden. Räß empfing die mindere Weihen und setzte zugleich lernend und lehrend seine Studien fort. Er ertheilte Unterricht im Knabenseminar, studirte Theologie und ließ sich mit Weis von dem jüdischen Lehrer Dr. Creuznach Unterricht in der hebräischen Sprache ertheilen. In dem darauf folgenden Tage erhielt er die Weihe des Subdiaconates, ein Jahr später, 1816, wurde er zum Diaconate und zur heiligen Priesterweihe berufen. Damit begann seine öffentliche Laufbahn.

Fünfzig Jahre später, im Jahre 1866, feierte er im hohen Dome zu Straßburg, umgeben von einem Kranze von Kirchen=fürsten, umdrängt von hunderten seiner Priester, die Jubeler=innerung an diesem heiligen Tag.

Von da aus konnte sich Räß mit ganzer Kraft dem Lehr=fache widmen. Das große Seminar zu Mainz zählte durch=schnittlich nur 50 Schüler, das kleine aber 500. Mit 50 Studenten begann der jugendliche Professor den Curs der Humanität und stieg 1818 zur Rethorik auf. Indeß er aber seine Schüler zum Studium anfeuerte, gewann er selbst, im Umgange mit den alten Classikern, jene Gewandtheit in der lateinischen Sprache, die sich später noch in seinen Reden beim Vaticanum bemerklich machte. Er sah sich auch, als Lehrer der Beredsamkeit angegangen, in französischen und sonstigen Kanzelrednern Forschungen anzustellen, die er bald zu schriftstellerischen Zwecken verwerthen konnte.

Im Jahre 1819 ließ er zum erstenmal eine Uebersetzung des französischen Werkes des Abbe Carron, „der tugendhafte Schüler" im Druck erscheinen. Dabei hatte er zunächst die Ausbildung seiner Studenten im Auge; seine darauf folgenden Werke richteten sich mehr an Cleriker und Geistliche, dann aber wendete er sich an das gesammte Publicum und errang seinem Katholik die erste Stelle unter den katholichen Zeitschriften seiner Zeit.

II. Schriftsteller.

Die Zeit in welcher Räß als Schriftsteller auftrat wurde später durch Weis, in seiner Jubelrede an den zweiundachtzigjährigen Liebermann kurz so geschildert: „Es war eine Zeit, wo in religiöser Beziehung alles darniederlag". Der Josephinismus hatte den Clerus in Deutschland gelähmt, die Aufklärungsperiode hatte den katholischen Geist in den Wind der Zeit verweht, die Säcularisation hatte das alte kirchliche Gerüste der Churfürstenthümer, Abteien und Stifte niedergeworfen. Die Trümmer des alten Baues bedeckten die Erde. Protestantische und katholische Fürsten groß geworden unter den Flügeln napoleonischer Gunst, bereichert mit Kirchengut, wühlten in den Trümmern, um etwa vergessene Kostbarkeiten für sich zu retten. Um zu beweisen daß sie ein Recht hatten Kirchengut zu besitzen, maßten sie sich auch kirchliche Gewalt an. Nicht blos beraubt war die Kirche geworden, sie sollte auch geknebelt werden. Wessen sich der große Napoleon nicht scheute, dessen unterfingen sich auch des politischen Himmels geringere Götter, und darin waren sie übrigens der Praxis treu, die aus der Lage sich ergab.

Sonst wenn ein Bischof oder eines Landes Kirche sich bedrängt fühlte riefen sie Roms Schutz an. Bei den rheinischen Churfürsten war seit einem Jahrhunderte die römische Curie das

Schreckengespenst das man am meisten fürchtete. Gegen die An=
maßungen der Curie stützten sich die Churfürsten auf ihre eige=
nen Roß' und Reiter, auf die übrigen Fürsten und — dem
Himmel sei's geklagt, auf jene öffentliche Stimmung, die durch
die gleisende Partei des Logenthums, der Illuminatismus und
der Aufklärung gemacht wurde. Nun ihre weltliche Macht da=
hin war und ihre Beschützer geworden waren, was sie werden
wollten und mußten, Unterdrücker und Räuber, nun sollten sie
als Flehende an der Schwelle der Apostelfürsten erscheinen!
Uebrigens war ja Pius VII. selbst beraubt worden und konnte,
wenn auch angerufen, nur mit schwacher Greisenstimme durch
das Kriegsgetümmel zum tauben Ohr der Fürsten rufen. Alles
lag buchstäblich darnieder, vor allem der kirchliche Geist und
der christliche Muth. Es fehlten der Kirche kirchliche Orden
für Clerus und Volk, das unumgänglich nothwendige Salz eines
wahrhaft kirchlichen Lebens. Flache Ansichten und maurerische
Weisheit hatten im Clerus Platz gegriffen. Von Wessenberg
dem Generalvicar von Constanz weiß man daß er der Loge an=
gehörte. Welche Geister um dem mainzer Primas von Dalberg
spuckten könnte dadurch erfindlich werden, daß derselbe eben je=
nen Wessenberg als seinen Vertrauensmann an den Bodensee
sandte.

In Colmar und Liebermann flammte wieder kirchlicher Geist
und kirchliche Entschiedenheit auf. Das war so ganz der alte
Glaube und die alte Praxis, wie das Volk dieselben aus bes=
serer Zeit überkommen hatte zum Theil auch noch bewahrte.
Dieses Geistes begeisterte Vorredner und Anwälte sollten Räß
und Weis werden. Das war der Zweck ihrer zahlreichen litte=
rarischen Arbeiten. Wir führen dieselben Jahr für Jahr an.
Aus dem trockenen Verzeichniß wird sich Eines ergeben, daß
die neuen Arbeiter im Weinberge des Herrn fleißige Hände und
frischen Muth mitbrachten.

Im Jahre 1819 — erschien des trefflichen Abbe Carron
„Die tugendhaften Schüler" von den Uebersetzern erweitert —
2 Bde. 1820. „Die Glaubensbekenner" von Carron. 4 Bde.
— 1821. Entwürfe zu einem vollständigen Catechismus von
Grillet. 4 Bde. — Denkwürdigkeiten über den Tod des Her=
zoges von Berry. — Ueber die Missionen von Louisiana. —
1822. Ueber den Druck schlechter Bücher. — Ueber die christ=

liche Erziehung. — 1823. — Die Feste des Herrn — 2 Bde. 1823—1826. Das Leben der Heiligen von Buttler. 24 Bde. — Was die Geschichte dazu sagt. Nachtrag zur Reformationsfeier. — 1824. Entwürfe zu einem vollständigen katechetischen Unterricht. 2. Auflage. — 1828. Leibnitzens System der Theologie mit deutscher Uebersetzung. — 1827. Nachlese aus Dr. Martin Luther's Schriften. — Die alte Abendmahlslehre. — 1829. Denkwürdigkeiten aus der franz. Kirchengeschichte des siebenzehnten Jahrhunderts. 2 Bde. — 1829—33. Bibliothek der katholischen Beredtsamkeit. 12 Bde. — 1830—39. Predigten von Boulogne. 4 Bde. — 1831—36. Gesammelte Kanzelreden Mosers. 1834—36. Neue Bibliothek der kathol. Beredtsamkeit. 6 Bde. — 1836—38. Kanzelreden von Pater de la Roche. — 1837. Predigtentwürfe. — 1836—38. — Primat des Papstes v. Rothensee. — 4 Bde. — 1839. — Seelsorgerliche Belehrung über gemischte Ehen.

Wenn man bedenkt, daß nebst diesen zahlreichen Werken die sie veröffentlichten, die beiden Dioscuren Räß und Weis in angestrengter Weise 40—50 Schüler zu unterrichten hatten, daß später, 1825, bei Liebermanns Abgang nach Straßburg Räß Director des Seminars wurde und die dogmatischen Lehrcurse übernahm, so muß man staunen über diese unverwüstliche Arbeitskraft und die Begeisterung für die Sache des Reiches Gottes, zu deren Förderung das alles geschah.

In diese Zeitperiode fällt noch aus Räß' Feder eine „Vertheidigung des Schreibens des Hrn. v. Haller an seine Familie", und „Beweggründe der Bekehrung einiger Protestanten". Diese Schriften verdienen Beachtung, weil sie den Verfasser auf ein Feld hinüber leiteten, das er später mit eigenthümlicher Liebe und erstaunlichem Fleiße bearbeiten sollte. Von seiner Ernennung zum Bischofe von Straßburg an konnte er schriftstellerisch nicht mehr thätig sein, da seine ganze Kraft anderweitige Verwendung fand, aber er sammelte zwanzig Jahre lang Schriften und Lebensnotizen aller Convertiten die seit der Reformation bis zum neunzehnten Jahrhunderte zur katholischen Kirche zurücktraten und schrieb dann, inmitten seiner gehäuften amtlichen Arbeiten, oft auf Firmungsreisen und zuletzt beim Donner der Kanonen des Straßburger Bombardements, indeß Granaten in sein Palais einschlugen, das umfangreiche, gelehrte, gründliche Werk der Convertiten.

Zur Anerkennung dieser gesegneten Thätigkeit der Zwillinge Räß und Weis hatte schon 1822 die theologische Facultät zu Würzburg dieselben mit dem Doctorshut beehrt. Die Firma Räß und Weis war in Deutschland gleichlautend mit kirchlichem Geiste, und verschaffte ihren Erzeugnissen allgemein günstige Aufnahme. Das gemeinsame Wirken für die Sache Gottes umschlang täglich inniger die beiden Freunde mit den Banden der Liebe. Es sprach sich die gegenseitige Achtung in der zartesten Weise aus. Eines Tages indeß Räß in eine Unterhaltung mit einem deutschen Herrn verflochten war, brach dieser, da er seinen Partener plötzlich erkannte, mit der Frage hervor: „Sie sind also Räß und Weis?“ — „Bitte, nein, nur die geringere Hälfte davon“, erhielt er zur Antwort.

Durch alle ihre Schriften leuchtete ein Bestreben, die Kirche zu vertheidigen, die kirchliche Wissenschaft und den kirchlichen Geist in Clerus und Volk zu heben. Sie fühlten aber die Nothwendigkeit heraus nicht bruchstückweis dieses zu thun, sondern fortlaufend und zwar durch eine Zeitschrift. Räß gründete 1821 den Katholik. Von da an besaßen die beiden eine Waffe, blank, gestählt, schneidig, mit welcher sie allmonatlich kämpfend auftreten konnten.

Eines Tages trat Räß bei Superior Liebermann ein und eröffnete ihm: „Wir wollen eine Zeitschrift gründen zur Vertheidigung der Kirche“. — „Eine Zeitschrift? fragte der Superior erstaunt, dazu werden Ihnen zwei nothwendige Dinge fehlen, Mitarbeiter und Abnehmer“. Was aber der kluge, vielgeprüfte Mann für ein Ding der Unmöglichkeit hielt, das begann der jüngere Kämpe mit jugendlich keckem Muthe. Er wagte den Wurf und der Wurf gelang. Ohne langes Berathen und Erwägen schrieb er den Prospect des Katholik. Zur Belehrung der Katholiken über ihre Rechte und Pflichten, zur Warnung vor dem herrschenden Rationalismus, den Anschlägen der Feinde, den gewaltthätigen Eingriffen des Staates in die Rechte des christlichen Gewissens und des katholischen Volkes. Sein Motto war das schöne Wort des Pacianus: Christianus mihi nomen, catholicus cognomen.

Räß schrieb den Prospect ohne Mitwissen seines Freundes Weis, der sich hier wie in andern Dingen gerne dem voranschreitendem Freunde anschloß. Er sprach einen Wunsch aus, der so ganz aus seinem kirchlichen gesinnten Herzen aufstieg: „Wir werden uns glücklich schätzen, wenn Jesus Christus unser wohlgemeintes Mühen segnet, daß die Stimme gegenwärtiger Blätter die Irrenden belehre, die Schwankenden bestärke, die des Glaubens Unkundigen zurechtweise". Seit Jahren wagten es katholische Schriftsteller selten entschieden in Allem für die Kirche aufzutreten, nun wurde erklärt, daß der Katholik viel anders zu verfahren gedenke. Als edler Ritter, mit offenem Visiere und frisch wallendem Banner, in dem Wappenschilde den Namen Katholik, trat er auf: „Fern sei von uns jeder bösliche Hader, fern unseliger Groll, fern sowohl ein absprechendes Hochgefühl als auch jede überspannte Lehre; fern aber auch jene zaghafte Willfährigkeit und sclavische Huldigung dem Zeitgeist auf Unkosten des Glaubens".

Das war der richtige Ton, das die kräftige Gesinnung, die schon lang vermißt wurden, sie fanden allgemein Anklang. Liebermanns Cassandrastimme hatte zu seiner großen Befriedigung, unrecht geweissagt. Es meldeten sich Mitarbeiter in Fülle an und auch Abnehmer, denn schon das zweite Heft mußte ein zweites Mal aufgelegt werden.

Kurz vorher waren die Tübinger Quartalblätter gegründet worden. Sie bewegten sich aber in den Höhen der Speculation und in den Tiefen der Wissenschaft. Der Katholik hingegen hatte Fleisch und Bein, Kraft und Leben, mitunter auch eine Zugabe beißenden Humors, die stets Räß lieferte. Er stellte sich mitten in die Strömung des kirchlichen Lebens, um die Fluthen zu klären, die Wasser zu lenken und, wenn Molche und Drachen auftauchten, dieselben mit St. Georgs scharfem Speer zu treffen.

> „In Zeiten wo die Schläfer sorglos träumten
> Stand'st wach und wacker Du auf hoher Warte,
> Du wetztest tapfer aus manch eine Scharte,
> Wo Andere allzurasch das Wahlfeld räumten".

So besang später der Sänger der Speyrer Domlieder das Auftreten des Gründers des Katholik.

Der Katholik war ein Steinwurf in einen Unkenteich. Die gesammte Aufklärung mit all' ihren Sippen jeglicher Confession und Färbung gerieth in Harnisch und schrie Zetter und Weh über Dunkelmänner, Obscuranten, Diener der römischen Curie u. s. w. Das lies der Katholik in vollstem Gleichmuth über sich ergehen. Die Aufklärung hatte aber einen Gehilfen, die Regierungen und deren Scharfrichter auf dem Gebiete der Presse den Censor. Sie ward beflissen, in ritterlicher Kampfweise, dessen Hilfe anzurufen. Censor der hessischen Regierung war ein sehr feindselig gestimmter Protestant, Hesse. Dieser, von Staatswegen zum Richter über katholische Schriften aufgestellt, hatte mit dem Katholik seine liebe Noth, eine Noth, die der Redacteur nach Kräften zu steigern beflissen war. So gerne hätte Hesse die Scheere an den ihm unterbreiteten Text gesetzt und konnte es, da die Redaction sich klug durch brennende Fragen durchhalf, doch selten thun. Daß die Censur auch Absichten und Gedanken packen könne, das hat man erst im neuen Reiche erfahren müssen. Hesse wußte das nicht, sah sich genöthigt, eine Menge Dinge zu lesen, die ihm Verdruß bereiteten und mußte noch das Imprimatur darunter setzen. Da viele Correspondenzartikel und Aufsätze einliefen, versorgte Räß den Mann mit so dicken Packeten, daß demselben alle Lust verging, sie zu durchlesen. So wurde das Imprimatur Aufsätzen verliehen, die nach heutiger Reptiliensprache durchaus staatsgefährlich waren.

Eine der schweren Sünden der Fürsten jener Zeit war die Einziehung der Klostergüter. Das ehrwürdige heilige Eigenthum friedlicher Mönche wurde hinweggenommen und eingesackt, als wäre im Großen zu thun erlaubt, das wofür im Kleinen die Thäter an Galgen und Rad kamen. Die Vollstrecker dieser Einziehungen nahmen sich ein Beispiel an hohen Herren, und zogen für sich ein, was sie hinweg practiciren konnten, gemäß der Jagdregel der Wüste: Wenn der Löwe jagt, so holen sich auch Schacale ihren Antheil von der Beute. Ein namhafter Antheil dieser Klostergüter blieb an den zugreifenden Fingern derjenigen hängen, die vorher an denselben Fingern abgezählt hatten, wie schweren Eintrag der Staatscasse durch die Güter der todten Hand geschehe. Die Hände dieser Greifer waren, traun, keine todten Hände.

Der Abt von St. Peter bei Freiburg hatte eine Reihe von Aufsätzen in den Katholik geliefert, die dem schlummernden Auge des Censors entgangen waren. Sie brachten Enthüllungen über Enthüllungen, über die schamlose Verschleuderung der Abteigüter des Schwarzwaldes. Diese Schlaglichter trafen verletzend in die Augen mancher badischen Machthaber. Sofort wurde von der badischen Regierung bei der hessischen Schritte gethan, um Maßregeln gegen den Mainzer Freimund zu erwirken. Räß wurde auf die Autorschaft der Artikel inquirirt. Er erklärte die Verantwortlichkeit derselben übernehmen zu wollen und machte sich anheischig deren Aufstellungen actenmäßig vor Gericht zu erweisen. Die beherzte Haltung der Redacteure flößte den Herren Respect ein, Beweise für Unredlichkeiten die im badischen Lande vorgekommen seien, erachteten sie als überflüßig, duldeten aber nicht, daß Räß fürder den Katholik unterzeichnete, noch daß derselbe nach Abschluß des Jahres weiter in Mainz gedruckt wurde. Der Katholik hat recht gesprochen und gehandelt, dem omnipotenten Staat aber gefiel Schweigen besser als recht sprechen.

So war der Katholik vernichtet. Die aufgeklärte Presse freute sich dieses Sieges, durch welchen sie den schlagfertigen Recken los war, sie freute sich zu früh. Unverzagt sah sich Räß um einen andern Verleger um, entdeckte einen gewissen Schmehler in Wiesbaden, der unter dem Schutze einer schweizer Verlagsfirma das Blatt druckte. Pfarrer Scheiblein von Schmerlenbach, ein muthiger Fechter und Original, sonst von König Ludwig der sich mit Originalen in Wahlverwandtschaft fühlte, wohl gelitten, zeichnete als Redacteur.

Wieder ging ein Jahr dahin und wieder erhob sich ein Sturm. Es lief aus Braunsberg ein Aufsatz ein über die Sünden, welche das bayerische Staatsrecht an den Rechten der Kirche begangen hatte. Der Aufsatz zog dieselben Folgen nach sich wie jener über Baden, dem Katholik wurde auf deutschem Boden Feuer und Wasser entzogen.

Zur selben Zeit erschien das rothe Buch unter dem Titel: „Beiträge der Kirchengeschichte des neunzehnten Jahrhunderts“. Es machte gewaltiges Aufsehen, denn es wies an einer langen Reihe von Thatsachen nach, welche Beeinträchtigungen die Katholiken in Preußen zu erbulden hatten. Preußens Polizei fahnbete mit Eifer auf die muthmaßlichen Autoren der Schrift, brachte bei fünfzig Namen auf seine Verdächtigenliste, konnte aber den Schuldigen nicht ermitteln. Einen Zusammenhang zwischen diesen Enthüllungen und jenen des Katholik, wodurch also Bayern, Hessen und Preußen sich verletzt fühlten, konnte sich jedoch die Polizei, die alles kann, schon denken.

Nun mußte das deutsche Blatt, im Jahre 1825 sich auf französischem Boden, nach Straßburg flüchten, um von dort aus das Werk seiner Enthüllungen fortzusetzen. Ein edler Flücht= ling vor deutscher Polizei weilte damals in Straßburg. Auch Görres, die fünfte Macht gegen Napoleons Herrschaft in Deutsch= land, hatte sich vor der deutschen Polizei aus Frankfurt flüchten müssen. Er stellte sich unter den Schutz des allgemeinen Völker= rechtes. Frankreich war edelmüthig genug auch in dem bittern Gegner das Gastrecht zu ehren. Er lebte da, nicht unbehelligt von deutschen Polizeispionen, in einem einsamen freundlichen Hause der Elisabethengasse und arbeitete sich an „Emanuel Schweden= borg" und Heinrich Suso in die Tiefen der christlichen Mystik hinein. Es war in dem Schwärmer für Volksfreiheit und hei= liges römisches Reich eine Umwandlung vorgegangen. Er hatte erkannt, daß die Kirche dieses Reiches Seele und jener Freiheit einzige Schirmerin war, und daß die Fürsten seiner Zeit ernst= lichen Willen dem Volke zu gewähren, was sie vor dem Freiheits= kriege gelobten, nicht hatten. Das hatte er in seiner kräftigen Weise ausgesprochen, deßhalb hatte er sich flüchten müssen.

So fanden sich in Straßburg zusammen, was die Reptilien unserer Tage, mit Entzücken über ihren Scharfsinn, benennen würden, die rothe und die schwarze Internationale, das Opfer der Demagogenjagd und der Märtyrer der Ultramontanenhetze. Wie wenig erfinderisch doch die Leute sind! Clemens August wurde einstens der Verbindung mit Volksaufwieglern angeklagt, wie Christus der Stifter der Kirche. Nichts Neues gibt es unter der Sonne und in Polizeibureaus.

Durch den gewiegten Katholiken Diez von Coblenz dazu ermuntert, ging Räß den Exilirten an dem exilirten Katholik durch seine Mitwirkung unter die Arme zu greifen. Dieser that es gerne und lieferte in das Blatt eine Reihe von Aufsätzen. Liebermann, seit 1825 Generalvicar zu Straßburg unterzeichnete als Redacteur. Die finanzielle Lage des Katholik gestaltete sich indeß ungünstig weil die Kosten bedeutend vermehrt wurden und die Verbreitung der Lesecirkel die Zahl der Abnehmer verringerte. Im Jahre 1827 konnte derselbe nach Speyer übersiedeln, in Folge eines originellen Einfalls König Ludwigs. Er machte einmal die Bemerkung, daß schon lange genug nur das theologische Fach der Pressecensur unterworfen sei, indeß das politische frei ausging, und meinte man müsse einmal die Sache umkehren und die Theologie frei lassen. Dies geschah. So eröffnete sich dem verbannten Katholik eine Aussicht, in Deutschland leben zu können. Er zog nach Speyer in der Pfalz, gelangte aus Weis' Hand unter die Leitung Dieringer's, Weinhart's, später in veränderter Form Sausen's und wurde 1844 wieder zu Mainz der alte Katholik unter der Leitung zweier Gelehrten, die Liebermann's Geist in seiner ganzen Fülle überkommen haben, Moufang und Heinrich.

Aus Räß' Feder floßen jahrelang die Curiosa, das Körnlein Salz, das der kirchlichen Wissenschaft beigegeben wurde, den Appetit des Lesers zu wecken. Es gibt Gegner der Kirche zugleich dreist und unwissend, aufgeblasen und anmaßend, deren man in Ernst sich nicht erwehren mag. Diese zu züchtigen war die Aufgabe des Doctor Räß. Er flocht aus Mutterwitz, beißenden Spott und lustiger Laune Geiseln und peitschte die Tröpfe so tüchtig im Tempel durch und zum Tempel hinaus, daß sie vorsichtiger aufzutreten sich genöthiget sahen.

Gerade in unserer Zeit dürfte die Geschichte des Katholik zeitgemäß sind. Wieder ist der Weg der katholischen Presse ein Leidensweg geworden. Wenn sie hinblickt auf diesen Vorgänger, so bieten sich ihr nachahmungswürdige, ermunternde Beispiele dar. Lang blieb der Katholik der erste und kräftigste Vertreter der gesunden katholischen Lehre. Was heute in Deutschland Ultramontanismus, Jesuitismus gescholten wird, die reine, strenge, katholische Richtung in Lehre, Ascese und politischer Haltung, das keimte und wuchs aus dem Katholik hervor; das gipfelt heute in der Lehre der Unfehlbarkeit des Papstes. Das treue Sichanschließen an die Kirche und den Papst, das so wunderbar in dieser Sturmperiode an Tag tritt, ist die gereifte Saat des Katholik. Ist das katholische Deutschland entschieden, glaubensstark, unverzagt in dem Riesenkampf, den der Uebermuth der Welt ihr aufbringt, so verdankt es diese Kraft dem Geiste

Gottes allerdings. Das Wehen dieses Geistes ließ sich aber zuerst im Katholik fühlen, schwoll immer kräftiger an, erfüllt nun die Erde.

Der allmächtige Staat fühlte das heraus, daher die Plackereien, die er dem Blatte bereitete. Wie sonderbar nun, nach 50 Jahren, alles sich ausgewachsen hat! Hier heidnische Staatsomnipotenz, dort des Papstes Unfehlbarkeit, hier der Haß gegen alles Christliche, dort todesmuthige Begeisterung für Gott und seine heilige Kirche!

Inmitten dieser Arbeiten und Kämpfe bot sich Räß, während der Herbstferien, ein freundliches Asyl des Friedens und geistiger Erquickung alljährlich im Schooße der Familie Schlosser. Von Mainz aus besuchte er sie zuerst in Frankfurt und gewann in derselben durch freundliches Wesen und den stets sprudelnden Quell seines Humors die Stelle eines Hausfreundes. Später siedelte Rath Schlosser in das herrlich gelegene Stift Neuenburg bei Heidelberg über. Es bildete sich um den litterarisch tüchtigen, für die Kirche begeisterten Rath Schlosser und dessen Frau Sophie Dufay, die anmuthige Wirthin, ein Magnet, von welchem sich allmählig alle katholische Celebritäten angezogen fühlten. Und nicht blos katholische Gelehrten fanden sich da ein, sondern auch der Sohn Göthes, Professoren von Bonn, München und Heidelberg. An der Universität Heidelberg hatte sich damals noch nicht jene verbissene Clique von Christusfeinden gebildet, welche seither aus derselben das heilige Mecca des verfolgungssüchtigen Liberalismus gemacht hat, die Schmiede, in welcher Geistesketten für das katholische Deutschland bereitet worden sind.

Während dreißig Jahren sah man jeden Herbst Gäste aus allen Theilen Deutschlands hier eintreffen. Nebst Räß und Weis den alten Stammgästen erschienen da die Bonner, Walther, Klee, Windischmann, die Münchner Möhler, Görres, Reithmayer, Reisach zuerst als Priester später als Münchens Erzbischof, dann Geissel, Lennig, Mittermeyer, Clemens Brentano. Was in Deutschland dichtete und trachtete, was arbeitete auf geistigem Gebiete, am Aufbaue des Reiches Gottes traf da ein und erfrischte sich im regen Verkehr und im Austausche der Gedanken, Hoffnungen und Befürchtungen. Zu gar manchem Guten wurde da angeregt, gar manche Ansicht berichtiget, alle wurden erquickt und gehoben. Bis fünfzehn solcher Gäste fanden sich oft zugleich ein.

Die draußen vor der Kirche standen und sich durch den Reiz dieser geistvollen Gesellschaft anziehen ließen, gewannen richtigere Ansichten, höhere Achtung vor Katholiken und Katholicismus. Das ultramontane Gespenst zerrann vor ihrem Blick, wenn sie in den lieblichen Kreis dieser gebildeten, wohlwollenden, heitern Menschen eintraten. Allen bemerklich machte sich Clemens Brentano, der Quecksilbermensch, voller Unruhe und Witz, voller Laune uud Originalität. Oft versuchte sich derselbe neckend und keifend an dem münchner Löwen, dem alten Görres. Und dieser in königlicher Ruhe ließ ihn gewöhnlich gewähren, wurde derselbe aber zu eindringlich dann erlebten die Gäste die Scene, die Schiller in seinem „Handschuh" malt.

> Vor seinem Löwengarten
> Saß König Franz,
> Und um ihn die Großen der Krone
> Und rings auf hohem Balkone
> Die Damen in schönem Kranz.
>
> . . . .
>
> Und der Leu mit Gebrüll
> Richtet sich auf, da wird's still.

Es traf dann den zudringlichen Necker des Löwen Tatze, nicht blutig ritzend, aber denselben in die gehörigen Schranken weisend, die er aber sofort wieder durchbrach.

Von da aus knüpften sich auch zwischen Räß und der Prinzessin Stephanie Fäden, die sich später, als er Bischof von Straßburg wurde, bis nach Carlsruhe hinüber schlangen, und, so lange Großherzog Leopold regierte, denselben als Rathgeber in schwierigen Verhältnissen anrufen ließen. Damals wollte man noch von Zeit zu Zeit den Katholiken in Carlsruhe gerecht werden, seither ist es anders geworden.

III. Superior des Seminars.

Das Jahr 1830, mit seiner Julirevolutiou, war verhängnißvoll geworden für Frankreich, für das Elsaß, für die Kirche. Es war ein Siegesjahr für die Revolution, die Freimaurerei eine Niederlage für die Kirche. Louis Philipp, der gekrönte Bourgeois und Freimaurer kratzte Sanct Ludwigs Lilien aus seinem Wappenschilde, stellte den Katholicismus als Staatsreligion ab, ließ erklären in abgründlicher Weisheit: La loi est athée. Im Elsaß waren zufälligerweise alle Führer der Freimaurer Protestanten. Sie drängten nach besten Kräften die Katholiken aus allen öffentlichen Aemter und sich natürlicher= weise an deren Stelle. In den Katholiken aber war unter der Restauration ein reges Leben erwacht. Bevor noch Görres und Möhler ihre Stimme in Deutschland erhoben, hatten de Bonald, de Maistre, Chateaubriand mit großem Erfolg das Banner katholischer Wissenschaft entfaltet. Dort, wie hier, weheten Früh= lingslüfte der Auferstehung. Aller staatlichen Gunst entblößt, suchten sich die Katholiken innerlich zu kräftigen, Lammenais verband sich mit Gerbet, Lacordaire, Montalembert, um dem Katholicismus eine vom Staate ganz freie Stellung zu erkämpfen. Sie vergaßen dabei weise Mäßigung, wollten als absolutes Princip aufstellen, was nur ein Nothbehelf in schlimmer Zeit sein konnte.

Maßvollere Kirchenfürsten meinten durch einen tüchtig aus= gebildeten Clerus und ein wohlgeschultes Volk sicherer zum Ziele zu gelangen. So Bischof Lepappe de Trevern zu Straßburg, der Verfasser der Discussion amicale, die heute noch das beste Buch zur Belehrung heilsbegieriger Protestanten ist. An Stelle des sonst tüchtigen Dogmatikers Lienhart berief er Räß zum Vor= stand seines großen Seminars. Räß' Berufung nach Mannheim zum Stadtpfarrer war früher durch die Prinzessin Stephanie und mehrere Mitglieder des badischen Adels beantragt worden; zum Nachfolger des Bischofes von Mainz schlug Rom im Jahr 1828 denselben vor. Der erstere Antrag scheiterte an der Ungeneigt= heit des Seminardirectors, letzterer an der ungünstigen Stimm= ung der hessischen Regierung. Räß nahm die Berufung nach Straßburg um so lieber an, als Bischof Burg in Mainz gewillt war, das kleine Seminar aufzulösen und die theologische Facul= tät in das protestantische Gießen zu verlegen.

Räß ging zuerst nach Molsheim und leitete kurze Zeit die kleine Sorbonne, die der Bischof dort zur Hebung theologischer Studien gegründet hat. Dann wurde er zum wichtigen Amte eines Superiors des großen Seminars und zum Domcapitular ernannt. Er war 35 Jahre alt, reich an Erfahrungen, an Kraft, an vollbrachten Arbeiten. Er griff tüchtig ein. Mit der Oberleitung der zahlreich besuchten Anstalt, die wohl 160 Cleriker

zählte, verband er das Lehramt der Dogmatik und der christ=
lichen Kanzelberedsamkeit. Und da dies seiner Arbeitskraft nicht
genügte, setzte er sein Mitwirken am Katholik fort, besorgte
die Fortsetzung begonnener Schriften, bearbeitete die straßburger
Kanzelredner Jeanjean und Moser und leitete die Uebersetzung
der „Annalen der Verbreitung des Glaubens". Das war des
Guten gewiß ein erkleckliches Maß.

Durch die Uebersetzung der „Annalen" und die Verbreitung
derselben vom Seminar aus, erwirkte Räß, daß der Verein in
ganz Elsaß bekannt wurde, allmählig bis in die kleinsten Dörfer
drang und allgemeines Gut des Volkes wurde. Seine Schüler
feuerte er durch Wort und That zu eifrigem Studium an, hielt
sie aber fest in der Bahn der Rechtgläubigkeit, der gesunden
katholischen Lehre, die durch Lammenais Ueberschreitungen leicht
angegriffen hätte werden können und durch Bautains Irrthümer
ernstlich bedroht wurde.

Bautains Streit mit dem Bischofe von Straßburg fesselte
einige Zeit lang die Aufmerksamkeit Deutschlands, um so mehr,
als manche deutsche Theologen zu Bautains Ansichten hinneigten.
Bautain, und seine treuen Jünger Carl, Bonneschose, Gratry,
Ratisbonne u. s. w. waren begabte, strebsame Geister, durch=
drungen von dem Feuereifer der Neophyten, aber anmaßend,
wie es Neophyten leicht werden. Sanct Paulus anempfiehlt
nicht Neophyten zu Führern des Volkes zu wählen. Diese
Männer kannten die Welt, ihre Zeit, deren Nöthen und Anforder=
ungen an die Kirche, weniger kannten sie die Lehre der Kirche,
ihre Disciplin, durchaus nicht das christliche Volk. Frisch ein=
getreten in den Tempel maßten sie sich an, denselben nach ihren
unreifen Ideen zu modeln.

Bautain verstieß gegen die Grundlehren der Dogmatik,
gegen die Scholastik, gegen die Seminarbildung. Auf dem Ge=
biete der Theologie wollte er der Vernunft die Berechtigung ab=
sprechen, Vorhalle derselben zu sein, in Betreff der Methode ver=
warf er mit hochtönender Verachtung die scholastische, gegen die
Seminarbildung, wie sie in Straßburg geübt wurde, sprach er
sich wegwerfend aus. Seine Doctrin sprach er in den Sätzen
aus: „Durch den Glauben gelangt die Vernunft zum Wissen....
Ich erhoffe nicht von einem Ungläubigen, daß er auf mein Wort
an die Auferstehung Christi glaube..... Die biblischen Wunder

haben Ueberzeugungskraft nur für Gläubige, nicht Beweiskraft für Deisten, gelehrte Heiden..... Ohne Gott können wir Gott nicht kennen, deßhalb auch nicht aus der Vernunft einen Beweis des Daseins Gottes gewinnen. „Diese zum Theil ganz irrige, zum Theil irrig schillernde Sätze wurden durch den Bischof von Straßburg, später auch durch Gregor XVI. verworfen.

Ueber die scholastische Methode sprach sich Bautain wegwerfend aus. Er hatte weder Zeit noch Lust gehabt, sich ein Verständniß derselben zu verschaffen. Er schrieb: „Wie mag man wahres Wissen in dieser armseligen Scholastik suchen, die weder eine Idee noch Grundsätze hat?" Seine Jünger noch unerfahrener als der Meister, spielten Variationen über diesen Text, oft in verletzender Weise, und gingen davon aus, um über die Seminarbildung den Stab zu brechen. Non neophytum ne in superbiam elatus, hatte kläglich früher schon Sanct Paulus gewarnt.

Der Superior des Seminars trat im Ami de la religion, gegen dieses Gebahren auf und gab den Herren zu bedenken, daß es nicht billig sei, das zu verachten, was man nicht versteht. Von der Scholastik wüßten sie nichts, Latein verstünden sie in geringem Maße, sie seien deßhalb nicht berechtiget, die lateinischen Unterrichtssprache sammt der Scholastik in die Gerümpelkammer zu werfen. Seither hat sich der Syllabus (XIII.) in demselben Sinne ausgesprochen, und die Verächter der scholastischen Methode in ihre Schranken gewiesen. Es war dies ein unerquicklicher Streit, der sich einige Zeit fortspann unter Theilnahme der „Gebildeten" für Bautain, des Volkes und des Clerus für den Bischof, wie denn die „Gebildeten" in allen Streitfragen stets für das Schiefe Partei zu ergreifen verurtheilt zu sein scheinen. Bautain und dessen Schüler waren von großem Eifer beseelt, tadelnswerth war ihr Dünkel; sie waren aber sämmtlich Männer des Gebetes und der Selbstaufopferung. Sie erbauten die Kirche durch ihre löbliche Unterwerfung und wirkten getrennt in verschiedenen Kreisen gar viel des Guten. Nur in Gratry, dem schlichtesten von Allen leuchteten später neuerdings die blauen Flammen unkirchlicher Leidenschaftlichkeit auf, was ihn noch einmal mit Räß in Berührung brachte, dießmal aber mit dem Bischofe.

Lieben, wirken und leiden, sagt Tauler, Straßburgs mittel=
alterlicher Prediger, sollen sich im Leben des Christen ablösen
und dasselbe erfüllen. Wird das Leiden in das Leben hinein=
getragen durch Solche, von welchen man Anerkennung erhoffte,
dann verwundet es allerdings tiefer das Herz, veranlaßt aber
auch ein gründlicheres Ueben jener Fundamentaltugend des
Christen, des Gehorsams.

Muth hat auch der Mamelut.
Gehorsam ist des Christen Schmuck.

Im Jahre 1836 wurde Räß aus dem Seminar, entlassen
und sah sich auf die unbedeutende Amtirung eines straßburger
Domherrn angewiesen. Er setzte während dieser Ruhezeit seine
litterarische Thätigkeit fort. Während derselben gründete er auch
in einem romantisch gelegenen Benedictinerpriorate, das ihm jetzt
als Sommeraufenthalte dient, zu Siegolsheim, eine lateinische
Knabenschule.

Am 5. August 1840, nachdem der vom Bischofe von Straß=
burg zum Coadjutor verlangte und ernannte Affre Erzbischof
von Paris geworden war, wurde Räß an dessen Stelle ernannt
mit eventueller Nachfolge. Nebst seinen hervorragenden Ver=
diensten gab bei der Regierung Louis Philipps Folgendes dabei
den Ausschlag. Man dachte zu Paris an die Rheingrenze und
schmeichelte sich mit der Ueberzeugung, bei den Rheinländern
günstiger Stimmung zu begegnen. Präfect Sers von Straßburg
verlangte über die Angelegenheit eine schriftliche Arbeit von dem
Domherrn Räß, den man als vertraut mit der Stimmung am
Rhein betrachtete. Die Arbeit wurde eingegeben, ihr Schluß
war den Gelüsten des Ministers Thiers ungünstig, sie erregte
aber Sensation durch ihre Gediegenheit, und galt als ein Zeug=
niß der Befähigung für Höheres.

Als am 14. Februar 1841 der ernannte Bischof in partibus
von Rhodiopolis feierlich im hohen Dome zu Straßburg zum Bischofe
geweiht wurde, war dies ein Jubel im ganzen Elsaß. Es war die
dritte Bischofsweihe, die im Münster vollzogen wurde, seit dessen
Bestehen, und sie wurde vollzogen an einem Sohne des Landes.
Erzbischof Mathieu von Besançon, der Metropolit der Kirchen=
provinz, assistirt von den Bischöfen von Nanzig und St. Edel,
im Beisein von 400 Priestern der Diöcese und einer zahllosen

Volksmenge, ertheilte dem Ernannten die heilige Weihe. Unter Denjenigen, welche die Feier durch ihre Gegenwart erhöheten, erschien auch Weis, damals noch speyrer Domcapitular, der treue Freund aus alter Zeit, dem später auch Bischof Andreas bei seiner Consecration assistiren sollte.

Freudig wurde vom Volk diese Erhebung eines Elsässers zum Oberhirten der Diöcese begrüßt, denn zum erstenmal seit langer Zeit wurde wieder ein Elsässer im Elsaß Bischof, einer, „den die Leute auch verstehen konnten". Es hatte derselbe den andern Vorzug, daß er Clerus und Volk kannte, den Clerus, weil während der Jahre seiner Oberleitung im Seminar eine beträchtliche An= zahl Geistliche durch ihn gebildet worden waren. Bald nach seiner Weihe bereiste er die heilige Firmung spendend, einen Theil des Elsaßes und Deutschlothringen bis nach Metz an Stelle des kranken Bischofes. Als man ihn nun bei jedem Firmungs= act, oft zweimal im Tage, predigen hörte mit Kraft und Klarheit dem deutschredenden Volke, so gewann er dadurch alle Herzen. Es war die Erfüllung des Wortes des guten Hirten: „Ich kenne meine Schafe und meine Schafe kennen mich und sie hören meine Stimme".

Schon im folgenden Jahre entschlief im Herrn Bischof Franz Maria de Trevern und hinterließ dem Bischofe Andreas die schwere Last des Hirtenstabes des heiligen Amandus. Dieser war der breiundneunzigste Bischof von Straßburg von den Zeiten des vierten Jahrhundertes her.

IV. Bischof.

Mehr als zwei Drittel des Reichslandes gehören zum straßburger Sprengel. Die Gesammtbevölkerung beläuft sich auf 1 Million 500,000 Seelen wovon 1,223,000 Katholiken, 250,000 Protestanten 40,000 Juden sind. Die katholische Bevölkerung dürfte sich in Folge der Occupation um 100,000 Seelen ver= mindert haben. Die eingewanderten Beamten sind in der Regel Protestanten oder in gemischter Ehe Lebende. — Weltgeistliche besitzt die Diöcese 1247, die vertheilt sind unter 735 Pfarreien, 311 Vicariaten, 42 Almosenierstellen, 54 geistlichen Professuren. — An männlichen und weiblichen Orden besitzt die Diöcese

Straßburg zwei — jetzt leere — Anstalten der Jesuiten, drei — jetzt leere Anstalten der Redemptoristen, ein Trappistenkloster für Männer, eines für Frauen, drei Anstalten der Marienbrüder, welche eine namhafte Anzahl trefflicher Knabenschulen leiten, die Lehrbrüder zu Matzenheim mit 200 Mitgliedern, das Mutterhaus der Provindenzschwestern zu Rappoltsweiler mit 1400 Schwestern sämmtlich in der Diöcese in Primär- und vielen höhern Töchterschulen thätig, das Mutterhaus der barmherzigen Schwestern mit 600 Mitgliedern und vier großen Waisen- und Krankenanstalten, das Mutterhaus der Niederbronner Schwestern mit 800 Gliedern, die Missionäre des heiligen Blutes, ein — bald leeres — Sacré Coeur, Schwestern von Portieux mit vielen Schulen und der höhern Töchterschule zu Lutterbach, viele Schwestern von S. Basel in den Landschulen, drei Anstalten der Kreuzschwestern, ein Kloster der dames réparatrices, drei Häuser der Anbeterinnen des heiligsten Altars-Sacramentes, zwei Spitäler der kleinen Schwestern, drei Klöster der Tertiarerinnen des heiligen Franziscus u. s. w.

Wenn man bedenkt, daß der Revolutionssturm alle geistlichen Anstalten rein vom Boden hinwegfegte, so muß man die Fruchtbarkeit des Bodens und des christlichen Gefühles bewundern, aus welchen diese reiche Saat innerhalb siebenzig Jahren erwachsen ist. Ein Theil dieser Anstalten bestanden schon 1841, als Bischof Andreas sein Amt antrat, manche entstanden unter seiner Verwaltung, auf seine Anregung, alle gewannen seither an Ausdehnung. Wenn eine gedeihliche Kraft von oben den Anstoß gibt, dann wächst und erstarkt alles Gute, ob der Bischof unmittelbar eingreift oder nicht, ob er durch sich selbst oder die geeigneten durch ihn aufgestellten Männer seines Vertrauens wirkt.

Im Einvernehmen mit der französischen Regierung, die hierin nie knauserte, erwirkte der Bischof die Errichtung von 65 neuen Pfarreien, 118 Vicariaten, 17 Almosenierstellen. Er erhöhete die Zahl seiner geistlichen Professoren von 29 auf 54.

Die Vorbildung der Geistlichen war, was sie sein muß, des Bischofes alleinige und höchsteigene Sache. An eine Inspection, ja eine Controle, die über dieselbe von Saatswegen zu üben sei, dachte man nicht, da ja auch der Bischof keine

Controle über die Bildung der Mediciner, Juristen und Officiere beanspruchte.

Das große Seminar zu Straßburg gewann an Frequenz so sehr, daß während der letzten Jahre die Räume desselben den 260 Seminaristen nicht mehr genügten. In demselben Maße stieg die Frequenz der kleinen oder Knabenseminare, welche die vorbereitenden Schulen für das große Seminar sind. Ihre Schülerzahl belief sich auf 600.

Es ist vielleicht zu besserm Verständniß dieser Verhältnisse nothwendig, die Lage dieser Seminare näher zu bezeichnen. Es wird sich daraus ergeben, welch' eine Opferwilligkeit die Diöcesanen in dieser Beziehung bekundeten. Das große oder Clericalseminar erhält vom Staate einen Zuschuß für einige Stipendien und das Salair von zwei Professoren, alle übrigen Kosten fallen den Studirenden zu. Die kleinen Seminare erhalten vom Staate durchaus nichts, der Bau derselben, Ernennung und Unterhalt der Lehrer sind Sache des Bischofes, der Unterhalt der Studenten Sache ihrer Familien. Für arme Studenten gibt es keine Hilfsquellen; weßhalb die Pfarrgeistlichen am Tage der Priester und Bischofsjubelfeier Bischof Andreas ein Kapital als Geschenk ihm einhändigten, welches unter dem Titel Oeuvre de cleres, vermehrt mit jährlichen Zuschüssen und Legaten, Stipendien für ärmere Studenten auswerfen sollte.

Kurz, andere Hilfsquellen als die Opferwilligkeit des Clerus und des Volkes gibt es nicht. Die frühern herrlichen Stiftungen sind, wie alles Kirchengut in Frankreich, im Rachen der Nation verschwunden, welche sich freilich anheischig machte, für alle Bedürfnisse der Kirche zu sorgen, ihr gegebenes Versprechen aber in unredlichster Weise erfüllte. Alle Renten der Kirchengüter versprach die gesetzgebende Versammlung an die Kirche abzugeben; nicht den zwölften Theil konnte Pius VII. durch sein Concordat mit Napoleon für den Clerus herausbringen. Eine große Schwierigkeit, aber auch ein großer Segen. Wo die Nöthen groß sind, da erwacht die christliche Barmherzigkeit und was diese zu leisten vermag, wenn ein eifriger Oberhirt dieselbe anruft, das wird aus Folgendem hervorgehen.

Bischof Andreas hat zwei kleine Seminare, zu Straßburg und zu Zillisheim gebaut, zwei Prachtbauten, deren Kosten nicht viel hinter drei Millionen Frcs. zurückblieben. Diese Gelder flossen zusammen aus den jährlichen Beiträgen des Clerus und des Volkes. Ferner wurde das katholische Gymnasium, eine andere bischöfliche Anstalt gegründet, von Geistlichen geleitet wie die kleinen Seminare, aber bestimmt auf weltlichen Beruf vorzubereiten. Die Anstalt gedieh, sie zählte 180 Schüler. Am Bischofe war es da wie dort die zum Ankauf benöthigten Gelder beizubringen und er brachte sie aus seiner eigenen Sparcasse, sowie über 200,000 Frcs. die er für die kleinen Seminare spendete.

Erstaunt beim Anblick dieser großen Opferwilligkeit des Elsaßes, fragte einstens ein fremder Prälat Bischof Andreas, wie er es angreife, um seine Leute so zu begeistern? Es ward ihm die Antwort: „Wenn Sie Opfer verlangen wollen von Ihren Gläubigen, so müssen Sie verfahren wie der Pelican mit seinen Jungen, er läßt sich zu Ader für dieselben".

Auf solchen Opfern ruht Gottes Segen. Die Zahl der Cleriker stieg jährlich, sie überstieg das Bedürfniß der Diöcese, so konnte dieselbe Missionäre und Ordensmänner liefern. Aus der Diöcese Straßburg befinden sich mehr Priester in der Gesellschaft Jesu als aus irgend einer Diöcese Frankreichs. Die Congregation der Negerapostel des frommen Convertiten Liebermann (nicht des Superiors) besteht zur Hälfte aus Elsässern. Andere wendeten sich dem Seminar der asiatischen Missionen, den Bisthümern Nordamerica's, verschiedenen Orden zu; wie denn überhaupt das Interesse für die Missionen ein sehr reges ist. Angeregt zu demselben wurde die Diöcese durch Superior Räß im Seminar schon in den dreißiger Jahren. Da er die Uebersetzung der Lyoner „Annalen zur Verbreitung des Glaubens" besorgte und den Verein durch die Seminaristen verbreiten ließ. Das Lesen der „Annalen", das tägliche Gebet, die Geldspenden — welche voriges Jahr für die Glaubensverbreitung und die h. Kindheit auf 143,000 Fr. sich beliefen, wirken weckend auf die Gemüther der Jünglinge und rufen die schöne Saat der Glaubensapostel hervor. Weder die schlimmen Einwirkungen der offiziellen Presse, noch die Unterdrückung der katholischen, weder die Verarmung des Landes, noch die Auswanderung eifriger Katholiken vermochten dieser edeln Strömung Einhalt zu thun. Nun aber die Staatscontrole!!

Vielleicht dürfte man es auch als ein Missionswerk be-

trachten, daß sich aus der Diöcese Straßburg zuerst nach Deutsch=
land das Institut der Spitalschwestern und später dasjenige der
niederbronner Schwestern verzweigte. Baden, Bayern, die Rhein=
lande, später auch die Pfalz und Oesterreich erfreuten sich des
Segens, den die opferwillige Liebe dieser Jungfrauen überall
mit sich bringt. Daß sich manche dieser Zweige später von dem
Stamme ablösten, dem sie entwachsen waren, dürfte nicht durch=
aus zu beloben sein. Kirchliche Orden sind durchaus inter=
national, und werden wohl deßhalb vom internationalen Gottes=
haß so bitter verfolgt, weil dieser allein für sich den Vortheil
allgemeiner Verbreitnng und fester Organisation beansprucht.

Und nun sollten alle diese Congregationen bedroht sein!
Sie haben im neunzehnten Jahrhunderte, auf dem Gebiete der
Jugendbildung und der christlichen Barmherzigkeit Unglaubliches
gewirkt. Sie waren, sie sind das Mittel, dessen sich die Vor=
sehung bedient, um der von Gott abgewendeten und von Gott
verlassenen Gesellschaft helfend und veredelnd beizukommen. Ent=
standen sind sie meist in Frankreich, den Abgrund auszufüllen,
den das Verschwinden der großen Orden zurückgelassen hat. Wie
eine zarte Gottespflanze schmiegen sie sich bescheiden allen Be=
dürfnissen, allen Nöthen an; sie ranken sich an dem lockeren,
socialen Bau hinan, halten zusammen die Steine, die kein Kitt
mehr zusammen hält, Reich und Arm, Gering und Hoch, Kapital
und Proletariat. Würde man denselben Luft und Sonne ge=
währen, sie würden, im Bunde mit einer weisen Ordnung, die
sociale Frage lösen. Die sociale Frage ist als geharnischter
Ritter hervorgetreten am Tage, wo der Staat die religiösen
Gelübde zu untersagen, die evangelischen Räthe zu verpönen sich
vermaß. Die armen, demüthigen, liebevollen, fastenden und
betenden Brüder und Schwestern allein könnten den Riesen be=
sänftigen und bändigen. Und nun will man, in selbstmörderischem
Fanatismus, diesen Rettern die Adern unterbinden und die
Sehnen zerschneiden. Der Anfang dazu ist in Elsaß schon ge=
macht, die Folgen dieser Zerstörung werden um so schrecklicher
sein, als größer und verbreiteter die Wirkungen und der Segen
derselben bisher gewesen sind.

Als 1848 Siegwart Müller und Pater Roh vor dem schweizer
Radicalismus sich flüchten mußten, fanden sie gastliche Aufnahme
im Elsaß.

Als im Jahr 1869 die badischen Minister an den armen Tertiarerinen auf dem Lindenberg ihr Staatsmüthchen kühlten, konnten die Gehetzten über den freien deutschen Rhein nach Ott= marsheim in's Elsaß sich flüchten, wo sie ein stilles Plätzchen in einem Klösterlein fanden. Aber jetzt...! Der Anblick der Verwüstungen, welche der eisige Nordwind jetzt unter dieser Blüthe christlichen Lebens anrichtet, dürfte wohl dem Oberhirten wie kaltes Eisen durch das warme Herz gehen: eine weitere Aehnlichkeit mit Pius IX., dem er an Lebensjahren nur um ein Jahr nachsteht, an Hirtenjahren vorausgeht.

Unbegreiflich! Unter der alleinigen Leitung des Bischofes, dem sie auch allein zusteht, gedieh die Bildung des Clerus herr= lich, wirkten die geistlichen Orden unendlich viel Gutes, und nun will der Staat controlirend und regierend in dieselben eingreifen! Will er Leben bringen oder Tod? Leben ist da in Hülle und Fülle, christkatholisches Leben. Das besitzt der Staat nicht, das kann er nicht bringen. Also Tod? Wie störend und verderblich diese Controle, abgesehen vom Gesichtspunkte des Rechtes, wirken würde, das wurde allerneulichst durch ein Vorkommniß klar. Man wollte versuchen, wie weit der Staat seine Griffe in das Recht der Kirche erstrecken würde und ließ einen Oberschulrath einige Classen der kleinen Seminare revidiren. Der Mann trat maßvoll auf, wollte gewiß von den eisernen Krallen so wenig als möglich hervortreten lassen, konnte aber nicht umhin, gleich gegen die Lehrmethode der Geschichte aufzutreten, um sofort Niebuhr's Grundsätze und Verfahren als das einzig vernünftige anzuempfehlen. Ein Beweis dafür, daß die Bischöfe wohl ge= than haben, sich entschieden gegen das vom Staate beanspruchte Aufsichtsrecht zu verwahren. Solches Ansinnen wurde durch die französische Regierung mit ihren katholischen Inspectoren nicht gestellt, wie mag nun die deutsche es thun mit ihren protestan= tischen, hegelianischen Organen?

Es ist die Bemerkung oft ausgesprochen worden, daß man in den Seminarien keine Gelehrten bilde. Bestimmung des Seminars ist, zunächst wohlunterrichtete und seeleneifrige Priester zu bilden, Priester die in jeglichem Wissen gebildeten Laien ge= wachsen seien. Dieser Zweck wurde erfüllt. Gelehrte zu bilden, wäre der Zweck der Universitäten: es wäre wünschenswerth, wenn unter den Clerikern wenigstens ein Theil auf Universitäten sich weiter ausbilden könnten. Es müßten dies aber katholische Universitäten sein; die Wissenschaft, die dort zu erwerben wäre, dürfte nicht mit dem Geist des Stolzes und all den Irrthümern versetzt sein, die in neuester Zeit so kläglich an Tag getreten sind.

Sobald Bischof Andreas sein Amt antrat ließ er ein lateinisches Kreisschreiben an den Clerus ergehen, in welchem er die Worte sprach: „Unendlich Vieles hat die Kirche, der wir angehören für Wissen und Glauben gethan; wir müssen an diesem Werke unserer Väter allen Ernstes fortarbeiten". Er führte sofort die Pastoralconferenzen für die Pfarrgeistlichen ein, in welchen anfänglich sechs- jetzt dreimal jährlich dieselben zusammen treten um schriftlich und mündlich Fragen der Theologie, der Geschichte, der Pastoral zu bearbeiten, die durch den Bischof vorgelegt werden. Gerne ermuthigte er junge Geistliche zu litterarischen Arbeiten, durchging ihre Producte, corrigirte, berieth väterlich.

Das ascetische Leben im Clerus zu nähren und zu erweitern werden alljährlich in beiden Seminarien Priesterexercitien durch Jesuiten abgehalten, in der Weise, daß von vier zu vier Jahren jeder Priester sich dabei betheiligte. Ein höchst segensvolles Institut, bei welchem Ordensleute sich als das erweisen, was sie sind, ein nothwendiges Glied im Organismus der Kirche.

Für emeritirte Seelsorgsgeistliche gründete der Bischof eine „Hilfscasse", in welche jeder Geistliche 1% seines Gehaltes abgibt damit dadurch Geistlichen, die durch Alter, Krankheit unfähig geworden, sind fortzuwirken, Unterstützungen gereicht werde. Hier wie bei Vorbildung der Geistlichen galt der Grundsatz: Die Kirche hilft sich selbst, und wenn sie sich selbst hilft ist sie über ihr Verfahren Niemanden Rechenschaft schuldig. Freilich hätte auch da der Staat, der gewaltsame Erbe des Kirchengutes, helfen sollen und zwar von Rechtswegen, nicht aus Gnade. Er that aber wenig, fast nichts, nun so half sich der Clerus selbst, mittels der Opfer die er seiner Armuth auflegte.

Das war das Verhältniß des Bischofes zu den Ordens- und Weltgeistlichen seiner Diöcese; ein mit vielen Arbeiten und Sorgen verschlungenes Gebiete, auf welchem er um so öfter einzuschreiten hat, als die Ernennung und der Personenwechsel der 1247 Seelsorgsgeistlichen fast ganz in seiner Hand liegen.

Schon dadurch ist dem Bischof ein stetiges Einwirken auf das Volk, ein reger Verkehr mit den Ortsvorstehern nahegelegt.

Indeß auf Firmungsreisen, die er jedes Jahr unternimmt und einige Wochen fortsetzt, in der Weise, daß je von fünf zu fünf Jahren die weitschichtige und dichtbevölkerte Diöcese durchgenommen werde, geben sich die Anlässe eines nähern Verkehres mit dem Volke von selbst. Diese Reisen sind wahrhaft apostolische Reisen, voller Arbeit und Anstrengung. Lange Jahre predigte Bischof Andreas bei jedem Firmungsact, oft zweimal im Tage. Zu seiner Erholung hat er dann die Pfarrgeistlichen, die Gemeindevorsteher mit ihren Anliegen, Schwierigkeiten, jeweiligen Zerwürfnissen anzuhören und zu bescheiden. Hierzu fügte sich noch seit einigen Jahren die Bearbeitung, und die Druckcorrectur seines umfassenden Werkes der Convertiten.

Als sehr fördernd für den Andachtseifer in den Pfarrgemeinden hat sich die Einführung der „ewigen Anbetung" seit 1856 erwiesen. Der „Anbetungstag" findet unter Aussetzung des Allerheiligsten und fortwährendem Gebete je von zwei zu zwei Jahren in jeder Pfarrkirche statt. Viele Pfarrer leiten denselben ein durch dreitägige Predigten, ein Triduum, zu welchem meistens Ordensgeistliche herbeigezogen wurden. Am Tage selbst empfangen dann die Gemeindegenossen fast alle so wohl vorbereitet die heilige Kommunion. Hand in Hand mit diesen Uebungen gingen bis zur deutschen Occupation die Volksmissionen, deren thätiger Beförderer der verewigte Bruder Bischof Andreas', der Pfarrer von Rosheim war.

Als äußere Kundgebung dieses inneren Lebens entwickelte sich ein ungemeiner Eifer für Kirchenbau und Kirchendecoration. Ueber hundert neuerbaute Kirchen und Kapellen hat Bischof Andreas seit seinem Amtsantritt consecrirt. Manche derselben, die Kirchen des St. Amarinthales, des Breuschthales, zu Mülhausen, Oberehnheim, Marienthal, die Kapellen zu Straßburg und Zillisheim sind schöne Denkmäler gothischer und romanischer Baukunst, alle sind Denkmäler der Opferwilligkeit der Gemeinden und der Gläubigen. Große Summen sind für Decoration der Kirchen und Paramente verausgabt worden, wenn nicht immer mit reinstem Geschmack, so doch mit bestem Willen. Die Gelder dazu floßen alle aus der freigebigen Hand der Gläubigen. Wie denn von dieser Seite für alle löbliche Zwecke, die der Bischof seinen Diöcesanen an's Herz legte, freudig und großmüthig gegeben wurde, so zum Beispiel für den St. Petersgroschen, der einige hunderttausend Frcs. für den bedrängten heiligen Vater ausgeworfen hat. Ein Opfer, zu welchem etwa fünfhundert Jünglinge das Opfer ihrer Person einsetzten, dadurch, daß sie sich dem kleinen päpstlichen Heere einverleiben ließen.

Dank dem beharrlichen Bestreben des Bischofes, Dank auch dem freundlichen Entgegenkommen der französischen Regierung, wurde in 26 Dorfkirchen das Simultaneum, das leidige Simul=taneum abgeschafft und so wurden reiche Quellen des Zwistes und Haders trocken gelegt.

Ausdruck all' den Gefühlen des Dankes und der Verehrung, die Clerus und Volk gegen ihren Oberhirten hegen, wurde ge=geben im Jahre 1866.

In dieses Jahr fiel der fünfzigste Gedächtnißtag seiner Er=hebung zum priesterlichen, der fünfundzwanzigste seiner Erheb=ung zum bischöflichen Amte. Der Cardinal von Besançon, vor fünfundzwanzig Jahren Consecrator, Cardinal von Reisach, Bischof Weis von Speyer, der treue Lebensgefährte, die Bischöfe von Mainz, Sanct=Didel, Metz, Belley, Genf, Troyes, Basel, Luxemburg, Nanzig, verliehen der hehren Feier durch ihre Gegenwart Glanz und Wärme. Morgens sprach Moufang, der Nachfolger des Jubiliars im Seminar zu Mainz, Abends sprach Bischof Mer=millod jeder in begeisterter Weise von der Münsterkanzel die Gefühle aus, welche Straßburg, Elsaß und den weiten Kreis der Freunde des Jubilars bewegten. Des folgenden Tages begaben sich alle nach Marienthal, um die neue Kirche zu weihen, die an dem bedeutendsten Wallfahrtsorte des Elsasses erbaut worden war. Clerus und Volk dankten Gott aus innigem Herzen für die Freuden dieses Tages und beteten um die Fülle langer freudiger Tage für den Oberhirten, der seit Jahren so willig seine Kraft und Liebe ihnen geweiht hatte.

Es war dies ein schönes Familienfest im Leben der Kirche Straßburgs.

IV. Aeußere Verhältnisse.

Dreimal wechselte Frankreichs Regierung während der dreißig=jährigen Amtsführung Bischof Andreas', gemäß dem Satze: ein Land, welches mit den „unsterblichen Grundsätzen von anno

1789" behaftet ist, reibt alle zehn Jahre eine Regierung auf. Der Kirche systematisch feindselig, war keine derselben. Louis Philipp begünstigte offen den Protestantismus, lies aber die Katholiken frei sprechen und handeln. Unter seiner Regierung begannen die Bischöfe jenen Kampf für die Lehrfreiheit der Kirche und die Lernfreiheit der Franzosen, dessen Früchte sie erst unter der Republik des Jahres 1848 ernteten. Der Bischof von Straßburg wirkte mit und benützte die errungene Freiheit, indem er zu Straßburg die lateinische Schule des h. Arbogast gründete, welcher später das katholische Gymnasium zu Colmar folgte. An der Königin hatte die Kirche eine Sachwalterin, die ihren Einfluß geltend machte auf die Wahl der Bischöfe. Nie durfte ein Candidat von der Regierung der Gutheißung und Ernennung des Papstes vorgeschlagen werden, der nicht durch seinen Metropoliten und die Bischöfe des Metropolitenverbandes als würdig anerkannt worden wäre.

Die Republik von anno 1848 hatte kurzen Athem, war aber nicht übel gestimmt; sie starb zur Zeit, wo sie am Ausarten war, nachdem sie während ihres vierjährigen Bestandes mehr Gutes, der Kirche Förderliches gestiftet hatte, als Louis Philipp während seiner achtzehnjährigen Regierung. Dann kam der Staatsstreich Napoleons und begann seine achtzehnjährige Regierung, die vernünftig, für das Land heilbringend war, bis er sich, von Orsini gedrängt, in der italienischen Frage verrannte, wie Fürst Metternich zu Brüssel es Veuillot sechs Jahre früher vorausgesagt hatte. Bischof Andreas' Stellung zur Regierung war während jener ersten Zeitperiode schon deßhalb eine günstige, weil seine Beziehungen zur Prinzessin Stephanie ihn mit dem französischen Kaiser, dessen Tante sie war, in Berührung brachten. Es war die Zeit, wo das Wort Napoleon's galt: „Die Guten sollen sich beruhigen, die Bösen sollen zittern". Mit dem italienischen Kriege wendete sich das Blatt. Vor Beginn desselben wurde in Straßburg vom Minister das Gutachten des Bischofes, des Generals und des Präfecten darüber eingezogen. Alle sprachen sich entschieden darwider aus. Die Freimaurerlogen wollten aber den Krieg und der Krieg wurde beschlossen.

Noch sind die damaligen Hirtenbriefe der französischen, durch lügenhafte Versprechen des Ministers gewonnenen Bischöfe nicht in Vergessenheit gekommen. Nur zwei Bischöfe, der von

Nimes und der von Straßburg stimmten nicht in die allgemeine Begeisterung für den Krieg ein und sangen nicht den Päan, dessen Nachklänge so schmerzlich durch das Herz der Kirche ziehen sollten. Dazu brauchten die beiden nicht blos politischen Scharfblick, sie brauchten auch Muth.

Mit den hohen Regierungsbeamten sowohl, als mit den Vorständen akatholischer Confessionen, wußte sich der Bischof stets auf dem Fuße guten Einvernehmens zu behaupten. Wo religiöse und politische, geistliche und weltliche Interessen in so vielfältigen Beziehungen zu einander stehen, entbrennen leicht Conflicte, welchen durch ein billiges Vorgehen und Nachgeben der entsprechenden Autoritäten vorgebeugt werden kann. Daß der Bischof auch verdrießlichen Dingen eine heitere Seite abzugewinnen wußte, konnte dem Geschäftsgange nur förderlich sein.

Freilich, nie wurde die Erwiberung ausgesprochen, die neulich einem Geistlichen wurde, der bei einem Beamten der Reichsverwaltung Klage führte über Mißgriffe und handgreifliches Unrecht: Es ist unser System. Hegel's System statt Gottes Gebot!

Als Napoleon einmal, seitdem Solferino's Lorbeeren sein Haupt schmückten, auf abschüssiger Bahn abwärts fuhr, als er Kirche, Sittlichkeit, Unterricht und öffentliche Zucht mit sich zog, als er den Vinzentiusverein dem Hasse der Freimaurerei zum Opfer brachte und diese zur offiziösen Stütze seines Thrones machte, dann verschob sich sein Verhältniß zur Kirche. Bezüglich des öffentlichen Unterrichtes und des Patrimoniums Petri nahm er eine schiefe, verdeckt feindselige Stellung ein. Da mußten ihm die Bischöfe entgegen treten. Sie thaten es rasch entschlossen, in französischer Weise. Bischof Andreas trat gewöhnlich in zweiter Linie erst auf, dann aber war sein Wort um so gewichtiger und fand auch geneigteres Ohr. So namentlich als sich die Regierung das Recht anmaßte, die Veröffentlichung der Encyclika und des Syllabus zu verbieten, wie wenn irgend eine irdische Gewalt sich zwischen den Papst und das christliche Volk drängen dürfte, um des Vaters Stimme nicht zum Ohre seiner Kinder gelangen zu lassen. Damals erregte das gemessene feste Wort des Bischofes von Straßburg auch in der Presse bedeutendes Aufsehen. Die Regierung gewährte, was sie nicht verbieten konnte; Encyclika und Syllabus, mit ihrem

Schatze prophetischer Wahrheiten und nothwendiger Heilmittel für das kranke Zeitalter, drangen durch. Neulich soll ein französischer Staatsmann gesagt haben, man müsse den Syllabus der Gesetzgebung zu Grunde legen. Offenbar sieht derselbe richtiger als jene, welche am babylonischen Bau der Staatsomnipotenz arbeiten und liberale Gesetzgeber, sammt Reptilien und Gründern als Karyathiden, Fratzen und Meerwunder in die Fronte meiseln.

Dieser zugleich festen und ruhigen Haltung verdankte es wohl der Bischof, daß sich die Regierung meistens willfährig erwies, wo ihre Mitwirkung angesprochen werden mußte.

Als Anerkennung der Verdienste, die er sich um kluge Geschäftsführung in den zwischen Kirche und Staat gemischten Verhältnissen erworben, wurden ihm sowohl von Rom als von verschiedenen Regierungen folgende Auszeichnungen zu Theil: er wurde zum Prälat-Assistenten am päpstlichen Throne und zum römischen Grafen erhoben und erhielt von Frankreich das Officierkreuz der Ehrenlegion, von Oesterreich und Baden das Comthurkreuz des Leopoldsorden und den Zähringer Löwen.

Galt Bischof Andreas ein kluges Maßhalten als goldene Regel in seinen Beziehungen zum Staate, so war hinwiederum seine Stellung zum heiligen Stuhle voll inniger Ergebenheit. Rom stand er lange Jahre räumlich fern, nahe aber durch seine Gefühle, seine Geistesarbeiten, sein langjähriges Wirken und Lehren. Die mainzer Schule hatte guten Klang im Vatican, einen thätigern Schüler als Räß hatte dieselbe aber nie gebildet. Als er deßhalb im Jahre 1856 mit seinem Freunde Weis, der den speyrer Bischofsstuhl mittlerweile bestiegen hatte, zum ersten Male ad limina Apostolorum reiste, um pflichtschuldig Rechenschaft von der Lage seiner Diöcese abzulegen, fand er huldvolle Aufnahme bei Pius IX. Im Jahre 1866 unternahm er, wieder in Gesellschaft seines Freundes Weis, ein zweites Mal die Romreise. Diesmal hatte die Reise eine politische Bedeutung. Der Papst war eines großen Theils seiner Staaten beraubt worden. Garibaldi drohte mit einem Ueberfall, Sardinien war beflissen, die vom Erbgute Petri losgerissenen Provinzen zu verbauen, und die französische Regierung deckte mit ihrem Schilde nicht den Papst, den sie zu decken schien, sondern dessen Feinde. Manche, mit der Regierung näher befreundete Bischöfe schwankten,

ob sie nach Rom gehen würden oder nicht. Als aber die Cara=
vane der bayrischen Bischöfe, den Erzbischof von München an
der Spitze, durch Frankreich über Lyon und Marseille zog, so
gab dies einen mächtigen Anstoß, zur Ausdehnung des Zuges
nach Rom. Der Caravane der bayrischen Bischöfe hatten sich
Räß und Weis angeschlossen. In Rom galt es offen auszu=
sprechen, daß die weltliche Macht des Papstes ein nothwendiges
Erforderniß zu seiner Unabhängigkeit sei. Damals schon ließ
sich, obwohl viel leiser als früher, jene Strömung im Geiste
einiger Bischöfe bemerken, und zwar unter Bischof Dupanloups
Führung, welche später im Vaticanum zum schäumenden Giesbach
anschwoll. Nur leise jedoch ließ sich dieselbe verspüren, sie ver=
lief sich in der allgemeinen Begeisterung der Bischöfe, die Car=
dinal Wisemanns Adresse=Project unterzeichneten, nicht bloß die
Nothwendigkeit der weltlichen Herrschaft des Papstes anzuer=
kennen, sondern auch dessen Unfehlbarkeit. Später, beim Vati=
canum konnte und mußte Pius IX. einige der schärfsten Gegner
daran erinnern. Einmüthig wurde die Adresse von den in Rom
anwesenden Bischöfen unterzeichnet.

Die dritte Romfahrt des Bischofes von Straßburg wurde
durch das Concilium Vaticanum 1869 veranlaßt. Weis fehlte
diesmal, durch seine hinsinkenden Kräfte an seine Pfalz gebannt.
Auch Cardinal von Reisach fehlte, die bei dem deutschen Episco=
pate so geschätzte Stimme; in schwerer, verhängnißvoller Stunde
ein bedeutender Ausfall. Als Bischof Andreas während der
geistlichen Exercitien seinen Priestern eröffnete, er wolle nach
Rom zum Concil reisen, so drangen sie in ihn zu bleiben, im
Hinblick auf sein hohes Alter. Er erwiderte: „Ich gehe und
kostete es mich das Lebeu". In Rom wurde er fast einstimmig
in die Commission der religiösen Orden gewählt.

Eine Fügung Gottes war es, daß Presse, Regierungen und
diejenigen Bischöfe, die unter dem mächtigen Einflusse derselben
standen, so scharf sich gegen die dogmatische Erklärung der päpst=
lichen Unfehlbarkeit aussprachen. Es lag in der Sache selbst nichts
was diese Aufgeregtheit erklärte oder rechtfertigte, nichts als jener
geheime Trieb finsterer Weltmächte, die dem Walten des Geistes
Gottes sich entgegenstemmend dessen Wege ebnen. Manche auch,
zumal die Bischöfe, die aus confessionell gemischten Ländern kamen,
ahnten ein sich Aufbäumen des neuen Heidenthumes, wenn diese

Fackel der Unfehlbarkeit mit ihrem Lichte in dessen kranke Augen leuchten würde. Ihre Ahnung betrog sie nicht, es kam alles noch viel schlimmer als sie es ahnten. Allein eben durch das Anstürmen der Opposition wurde die Erklärung der Infallibilität zur Nothwendigkeit. Das ganze unfehlbare Lehramt der Kirche wurde in seinen Grundfesten erschüttert. Es mußte dasselbe wieder befestiget und klar gemacht werden, wo es seinen Sitz habe, wer dessen eigentlicher Träger sei.

Bischof Andreas erkannte dies. Er ließ sich hierin leiten von jenem Geiste des Glaubens, den er mit in das Seminar nach Mainz gebracht hatte, der seine Feder im Katholik stählte. Aufgefordert von einigen Bischöfen, die dogmatische Erklärung im Concil zu beantragen, zeichnete er den einzuschlagenden Weg vor und verlangte zahlreichern Beitritt von Bischöfen zu dem Antrag. Das wurde vollzogen und dann ging man voran.

Mittlerweile hatte Pater Gratry, ein ehemaliger Schüler Bautains, nun Mitglied der französischen Akademie, äußerst heftige Briefe gegen die Infallibilität und die römische Kirche in französischen Blättern veröffentlichet. Diejenigen, die den schwärmerischen aber harmlosen Mann kannten, konnten nicht begreifen, wie er sich zu solch einer himmelstürmenden Polemik versteigen mochte und unter anderm den Satz schreiben konnte: „Das Verfahren der römischen Kirche vom achten Jahrhunderte an ist eine fortwährende Verschwörung gegen die Wahrheit". Anklänge an Döllinger's Papstfabeln, der rege Verkehr der liberalen Katholiken Frankreichs mit München ließen vermuthen, daß Text und Anstoß zu diesen maßloßen Briefen von dort ausgegangen seien. Jedenfalls waren dieselben ein öffentliches Aergerniß; unbegreiflich war es, daß der Erzbischof von Paris, Gratry's Obere, nicht den Lästerer zurechtwies. Gratry hatte Beziehungen zu Straßburg und zu dessen Bischof. Er war dort zum Priester geweiht worden, hatte dort gelehrt und besaß dort Freunde und Verehrer. Bischof Andreas hatte ihn, nachdem er Bautains Irrlehren aufgegeben hatte, mit der Kirche ausgesöhnt. Um nun seine Diöcesanen zu verwahren gegen die Irrthümer und Verunglimpfungen der Kirche, wovon Gratry's Briefe strotzten, verdammte der Bischof von Straßburg dieselben feierlich in einem Rundschreiben an den Clerus und die Gläubigen seiner Diöcese. Dieses Rundschreiben wurde von den Kanzeln verlesen.

Das schlug wie ein Blitz in die Staubwolken, welche durch die Gegner der Infallibilität aufgewirbelt worden waren. Zweihundert Bischöfe des Morgen- und des Abendlandes traten dem Urtheile des Bischofes von Straßburg bei, ergebenen Katholiken zur allgemeinen Genugthuung.

Nun wurde die Frage der Infallibilität dem Gutachten der Väter des Concils unterbreitet. Wie frei und offen, wie gründlich, ja ermüdend gründlich die Debatten sich über die Frage ergingen, ist allen Jenen bekannt, die nicht von vornherein taub und blind sein wollen. Keine Ständekammer hat je länger und tiefer eine Frage erörtert, wie das Concil die Frage der Unfehlbarkeit des päpstlichen Lehramtes. Bischof Andreas trat im Concil auf gegen zwei französische Bischöfe, welche gegen die Erklärung des Dogmas sich ausgesprochen hatten. Er wies nach, wie begründet die Unfehlbarkeit sei, wie opportun deren dogmatische Erklärung, ja — in gegebener Lage — wie nothwendig. Das that er gründlich, treffend und in so classischer Sprache, daß er sowohl von vielen Vätern des Concils als vom heiligen Vater selbst den Ausdruck inniger Befriedigung entgegen nehmen mußte.

Hundert Bischöfe sollten sich noch weiter über die Frage aussprechen. Bischof Andreas zog es aber nach seiner heimathlichen Diöcese, die seiner Gegenwart sehr bedurfte; er wollte auch, was er aber nicht vollbringen konnte, der Jubelfeier seines Freundes in Speyer anwohnen. Von seinem Glauben und von dem Glauben seines Volkes hatte er vor dem Concil Zeugniß abgelegt, er erachtete seine Sendung beim Vaticanum als vollendet und meldete sich an bei dem heiligen Vater, um entlassen zu werden: „Heiliger Vater, sprach er schließend, ich habe nun die Nöthen meiner Diöcese vorgelegt und unterbreite sie Ew. Heiligkeit unfehlbaren Würdigung". — „Ja meine Unfehlbarkeit wird ja eben in Frage gestellt, versetzte Pius lächelnd. — „Bei mir ist sie längst entschieden, erwiederte der Bischof, ich bin ein Infallibilist aus alter Zeit..... Uebrigens ist meine Anwesenheit hier unnöthig, ich habe mein Pulver verschossen". — „Gut verschossen" ergänzte sofort der Papst.

Mit Jubel wurde der Zurückkehrende am Rheine von den Vorständen des Departementes, der Stadt und vielen Geistlichen begrüßt und zum Münster geleitet, wo dreihundert Geistliche und eine dichtgedrängte Volksmenge seiner harrten. „Tu es Petrus“ sang ihm der Chor der Seminaristen jubelnd entgegen, als er in das Münster eintrat. Sofort bestieg er die Kanzel und hub mit dem Texte an: Credidi, propter quod locutus sum. Ich glaubte, darum habe ich gesprochen“.

So beschloß Bischof Andreas seine dritte Romreise. Die vierte vollbrachte er 1872, unter dem Druck der Verhältnisse, die seither über das Elsaß und die Kirche gekommen sind. Ein Geretteter aus den Schrecknissen des Bombardements von Straßburg kam er zu Pius dem beraubten und gefangenen.

Ein erhabeneres Zusammentreffen als dasjenige beider, um die Sache Gottes so hochverdienten Greise und Kirchenfürsten, kann man sich kaum denken.

Das führt uns zu den Ereignissen zurück, die sofort nach dem Concil welterschütternd hereinbrachen und das Bisthum Straßburg so schwer trafen.

Concil und Krieg folgten so rasch auf einander, daß man annehmen muß, es habe das eine den andern nach sich gezogen, an jenen geheimnißvollen Fäden, welche erst in spätern Zeiten dem Auge des denkenden Christen sichtbar werden. Sollte aber der Krieg, wenn auch unbewußt und nicht gewollt von den Streitenden, die Antwort sein auf die Erklärung der Unfehlbarkeit, dann mußte aus demselben ein Krieg gegen die Kirche erwachsen, ein offener an Stelle des versteckten, den Napoleon seit zehn Jahren gegen sie führte. Napoleon sann auf eine Nationalkirche. Wer weiß was er, hätte er gesiegt, gewagt hätte. Elende Werkzeuge zu solch' einem freveln Unterfangen hatte er sich schon bereitet. Sollte der Besiegte von Sedan sein Nessushemd an den Sieger abgetreten haben? Kriegsgetümmel und Kriegsnoth sollten die Trennungsgelüste dämpfen, welche in einigen Köpfen spuckten, sie sollten der Einführung des Dogmas durch die Bischöfe förderlich sein. In Frankreich gelang dieses; in Deutschland aber versucht die Regierung auf eigene Faust, die Trennung zu vollziehen, welche sie irrigerweise von den Bischöfen erhoffte. Das führt aber nur gewaltsame Verfolgung herbei, was viel weniger schadet, als Spaltung und Trennung, ja nützet, wie der Sturmwind dem Baum, den er schüttelt.

Schlimme Gerüchte wurden im Elsaß im Stillen ausgebreitet, gleich nach der Kriegserklärung. In protestantischen

Dörfern munkelte man: die Turkos kämen an den Rhein, um den evangelischen Bauern die Köpfe abzuschneiden, katholische Pfarrer hätten Kisten voll Dolche empfangen und dieselben zur Ermordung der Protestanten unter ihren Christen vertheilt. Als das Heer des Kronprinzen durch die Pfalz zog, hieß es, ultramontane Pfarrer und Capläne wollten die deutschen Krieger vergiften. Vermöge des Scharfsinnes, welchen die Uebung der freien Forschung erzeugt, glaubten die Leutchen an die Gerüchte. Von wo aus gingen dieselben? Viele elsässer Geistliche wurden bei Beginn des Krieges, namentlich durch die badischen Vorreiter mißhandelt, vor Kriegsgerichten herumgeschleppt, eingekerkert, mit Erschießen bedroht, einer wurde in der That erschossen — „weil sie das Volk aufhetzten". Im Stabe des Großherzoges von Baden war die Rede in Umlauf: der Bischof von Straßburg habe den Krieg gegen die Deutschen geprediget. Auf Kanzeln und später in deutschen Blättern wurden diese Anschuldigungen, die erlogen waren von A bis Z, wiederholt, ja durch einige evangelische Geistliche verbreitet. Bis zur trüben Quelle dieser Lügen hinauf zu steigen, wäre schwer und unerquicklich, es genügt zu wissen, daß dieselben vielen Schlamm absetzten.

Nun kam Straßburgs Belagerung, ein Ereigniß, welches in der modernen Kriegsführung mit seinen Schrecknissen und Verwüstungen einzig dasteht. Die Straßburger waren in dem alten Vorurtheil begriffen, daß der Soldat mit dem Soldat, die Kanonen gegen Wälle und Mauern zu kämpfen hätten. Sie wußten nicht, daß man moralisch auf die Bürger einwirken könne, dadurch daß auch sie und ihre Häuser den Kugeln preisgegeben werden. Sie sahen sich bitter getäuscht, als sofort die Brandkugeln in ihre Häuser flogen und die Unklugen in den Straßen zerschmetterten.

Das bischöfliche Palais liegt in der Nähe des Generalcommandos und der Präfectur, welche durch die deutschen Batterieen vorzüglich aufs Korn genommen wurden. Es erhielt an alles zerschmetternden Hohlkugeln einen reichlichen Segen. In den obern Räumen wurden die innern Wände niedergeworfen, in dem Hauptsaale wurden Boden, Balken, Mobilien durch platzende Granaten zerrissen. Ueber dem Haupte des greisen Bischofes, der mit seinen Generalvicaren und einigen herbeigeflüchteten Leidensgefährten, die sich in des Bischofes Nähe sicherer glaubten, im Keller schlief, schlug eine Granate ein. Sie schlug zum Glück schief an die dicke Fensternische, riß aber noch den Fußboden auf. Wenig fehlte und sie hätte denselben durchgeschlagen, genau über dem Lager des Bischofes.

Am Feste Mariä Himmelfahrt, das der Bischof in seiner Kathedrale feierlich wie immer beging, hatte das Bombardement eigentlich begonnen, am 27. September hörte es auf. Das waren zweiundvierzig Tage des Grausens und der Zerstörung. Umgeben von seinen Generalvicaren verlebte der greise Bischof in gehobener Stimmung diese Schreckenstage. Ein oder das andere Mal ging er hinaus in die Ambulanzen, um die Zagenden zu ermuntern; sonst, beim Rollen des Kanonendonners und beim Aufleuchten der Feuersbrunst, arbeitete er an seinen „Convertiten", seine Arbeit hier und da unterbrechend durch Gebet für seine Stadt und sein armes bedrängtes Volk.

Es wurde aber immer grausiger. Eine Schreckensnacht, wie sie Troja und Jerusalem nicht fürchtlicher erlebten, war die vom 24. August. Das Münster, das Heiligthum der Elsässer und deren Stolz, wurde bombardirt; die Stadtbibliothek, die neue Kirche, das Kunstmuseum, die schönsten Häuser der Stadt standen in Flammen; und über diesen Flammen beschrieben die Granaten ihre feurigen Bogen am nächtlichen Himmel, die Brunst zu nähren. Wild hinein in den Jammer heulten die Kanonen und das Weherufen des Thurmhüters, dessen Horn vom Münster herab die lodernden Brände verkündete.

Auch Kirchen, auch das Münster! Das überstieg alles, was sich die Bevölkerung hätte träumen lassen. Ob denn das menschlich sei? fragten sich die Entsetzten. Es wurde beschlossen, daß eine Deputation hinaus zu dem Belagerer sich begeben sollte, um Vorstellungen über das unerhörte Verfahren zu machen und im Namen des Völkerrechtes und der Menschlichkeit zu verlangen, daß das Feuer gegen Civilgebäude und Kirchen eingestellt würde. Unter dem Druck der allgemeinen Noth hatte sich unter den Einwohnern der Stadt eine nie gesehene Einigung gebildet. Man sah in demselben Keller eine katholische Frau den Rosenkranz beten, Protestanten die Bibel lesen und Juden die Gebete des Talmud hersagen. Als man vernahm, daß auch auf das Münster geschossen werde, vergaßen alle, Jud wie Christ, Haus und Hof und die eigene Todesnoth, um das Einzige zu beklagen, die Zerstörung dieses Heiligthumes.

Bischof Andreas begab sich in das Hauptquartier der Belagerer, begleitet von dem Director des protestantischen Consistoriums und dem Oberrabbiner. Er trat auf im Namen des Gottes des Erbarmens und der Gerechtigkeit, um menschliche Behandlung zu erflehen. Allein weder General von Werther noch der Großherzog von Baden erschienen, um die Worte der Klage aus seinem Munde zu vernehmen. Vorerst mußte der greise Bischof, bei schlechtem Wetter, was ihm eine schwere Krankheit zuzog, lang abwarten, bis es den Herren gefiel, ihn anzuhören; dann kam ein Adjutant Lasinski, der mit glatter Rede die Beschwerde-Führenden abfertigte. Gebeugt, zerrissenen Herzens kehrte der gute Hirt durch die verwüstete Steinstraße, die zu einem Steinhaufen zerschossen war, in seine Stadt zurück und den Armen, die sich herandrängten, um zu vernehmen, ob Milderung eintreten werde, mußte er bekennen, daß er nichts erlangt habe. Die folgende Nacht wüthete das Bombardement ärger als je, das Münster und die Spitalkirche wurden in Brand geschossen. Das war die Antwort des Belagerers auf die Fürbitte des Bischofes.

Von da an verging kein Tag, ohne daß zahlreiche Granaten das Münster trafen. Offiziere, also Männer von Bildung, — so sagte man — sollen sich vergnügt haben, Kanonen auf das Kreuz zu richten, das auf der Münsterspitze sich erhebt. — Das Kreuz wurde durchschossen! —

Verstümmelt, verwüstet innen und außen, ausgebrannt stand der hehre Bau da, als die Sieger einzogen; er stand aber. Noch sind dessen Wunden nicht ausgeheilt; er erholt sich aber. Noch schlägt der Regen durch das schlechtgedeckte Gewölb; es steht aber.

Seither ist dem geistigen Bau der Kirche des Elsaßes ein ähnliches Schicksal bereitet worden. Möge dieselbe am Bilde ihres unerschütterlichen Heiligthumes sich erheben und in dessen Fortbestande ein prophetisches Bild erblicken!

Indessen hatte, als Folge des vergeblichen Versuches, bei dem greisen Bischofe sich ein äußerst schmerzliches Uebel eingestellt. Man denke sich die Lage. Außen der fortwährende Kanonendonner, die sich häufenden Ruinen, der Schmerzensschrei des Volkes, dessen trotziger Verzweiflungsruf beim Anblick des zerschossenen Münsters, seines inniggeliebten Monumentes und Heiligthumes:

„Wie! Auf das Münster schießen sie! Nun ergeben wir uns gerade nicht". Innen das schmerzliche Krankenlager, die einschlagenden Granaten. In dieser höchsten Noth flüchtete sich die Seele des geschlagenen Hirten zu derjenigen, welche die Trösterin der Betrübten genannt wird, und von seinen schmerzlich zitternden Lippen ertönten klagend die Worte: „Monstra te esse matrem". Zeige daß du unsere Mutter bist, Maria"!

Auch diese Tage gingen vorüber, bald erholte sich der kräftige Greis von allen diesen Schlägen. Als er später nach Rom zu Pius kam, dem mittlerweile ein nicht minder bitteres Loos durch die Hinwegnahme Roms bereitet worden war, konnte er demselben die Versicherung geben: „Seit dem Kriege bin ich kräftiger als zuvor". Und Pius, als wollte er sich selbst ermuthigen und stärken an diesem Beispiele, wiederholte für sich leise: „Seit dem Kriege ist der Bischof von Straßburg kräftiger als zuvor".

Redliche und wiederholte Versuche der Annäherung hat Bischof Andreas zu Berlin und Baden bei dem deutschen Kaiser gemacht. Allein „das System! Das System"! Anfänglich, im Gefühle des Dankes für die glänzenden Siege, erinnerte man sich an das Bibelwort, das 1848 König Friedrich Wilhelm IV. gesprochen: „Ich und mein Haus, wir wollen dem Herrn dienen". Die gute Mannszucht, das fromme Verhalten der katholischen Soldaten, viele und schöne Verheißungen des ersten Beamtenschubes ließen hoffen, daß die Lostrennung des Elsasses von Frankreich sich, wie alle Wunden, einmal vernarben würde. Ein plötzlicher Umschwung erfolgte. Ein bekannter Einfluß warf die pietistische Partei nieder. Eine andere Partei, die sich liberal nennt, obwohl sie alles freie Leben, Denken und Handeln niedertritt, dictirte für das Reichsland die Depesche des 18. Juli 1871: „Die Schule ist confessionslos", unterzeichnet Bismarck.

Nun kamen über das Reichsland alle jene Dinge, die über die Katholiken Deutschlands gekommen sind. Sie trafen das Reichsland härter, weil dasselbe die Kriegswehen mit diesen Wehen des Friedens zugleich zu tragen hatte, und die Dictatur, gehandhabt durch einen neuen Beamtenschub, sich die Dinge erleichterte, da sie erklärte: „Wir fordern keine Sympathieen, wir fordern Gehorsam". Durch Einführung des Grundsatzes: „Die Schule ist confessionslos", hoffte man die freidenkende Partei freimaurerischer Städtebewohner zu gewinnen, aber auch das ist nicht gelungen. Gelungen ist überhaupt nichts als, daß das Volk in seinen heiligsten Interessen sich gekränkt fühlt, indem es die Lehrerseminare sich entchristlichen, die Schule gänzlich jedem kirchlichen Einfluß entziehen, viele vortreffliche Anstalten, um welche die Nachbarprovinzen das Elsaß beneideten, zu Grunde gehen sieht.

Wenn eine Regierung erklärt, wie das an der Stirne des Unterrichtsgesetzes steht, welches dem Reichsland auferlegt worden ist, daß „Oberaufsicht und Oberleitung" jeglichen Unterrichtes dem Staate gehört, so wird das höhere und heiligere Recht der Kirche und der Familie auf Erziehung und Unterricht der Kinder beeinträchtigt. Wenn ein Minister Delbrück in Bezug auf das Concordat sagen durfte: „Unsere Erklärung desselben muß gelten", dann hören alle Erörterungen auf, die Kirche ist rechtlos. Es bleiben ihr denn nur zwei Dinge übrig. Entweder unterwirft sie sich wie die „geschworenen" Geistlichen in Frankreich 1792 thaten, dem Staate und wandelt mit ihm vom Schisma zum Abfall, zur Verleugnung des ganzen Christenthumes, oder aber sie erhebt sich in heiliger Entrüstung, erklärt dem Dränger ihr non possumus und geht muthig durch Confiscation, Kerker, Exil und Tod dem Tage des Triumphes entgegen, der für die Kirche früh oder spät kommt. Sie hat sich nicht gebeugt vor dem Gott Voltaire, sie wird sich nicht vor dem Gott Hegel beugen. Sie hat jenen überlebt und begraben, sammt dessen blutigen Trabanten der Schreckenszeit, sie wird sich auch diesen überleben sammt seinem Troß gelehrter Professoren und Reptilien.

Im Elsaß leben noch die Erinnerungen an jene Verfolger, man wird sich daran stärken in gegenwärtigem Kampfe, und der Bischof von Straßburg wird nicht vergessen, daß er zu einer Zeit das heilige Sacrament der Taufe empfing, zu welcher die siegreiche Revolution decretirt hatte, daß es keinen Gott mehr gebe.

„Innen Schrecken, außen das Wüthen des Schwertes", dieses Kraftwort des Psalms bezeichnet die Lage, wie dieselbe durch Hegel'sche Staatsweisheit geschaffen worden ist.

Vieles, was Bischof Andreas seit Jahren mit Sorgfalt geweckt und gepflegt hat, ist lahm gelegt worden, vieles noch ist mit dem Untergang bedroht, der Bischofsstuhl des heiligen Amandus ist ein Calvarienberg geworden. Allein das Gefühl, welches sich so oft und laut in den Reden des heiligen Vaters ausspricht, jenes tiefsinnige Gottesvertrauen erfüllt die Seele des Greisen. Er erinnert sich, wie die Kirche sich erhob, nachdem die Sturmfluthen der großen Revolution über die Fluren seines Heimathslandes sich ergossen hatten, er weiß, mit welchem Erfolg er selbst bei dieser Erhebung mitwirkte, das stärkt ihn, hält ihn aufrecht.

„Und wie sich wild und laut die Wogen thürmen,
Des Glaubens Fels wird trotzen allen Stürmen."